小学館文庫

十津川警部

四国 土讃線を旅する女と男

西村京太郎

小学館

十津川警部　四国　土讃線を旅する女と男

装丁　山田満明
カバー写真　坪内政美

目次

第一章

五日間の旅

1

管理課長補佐の神崎《かんざき》は、社長に呼ばれて、三階の社長室に向かった。緒方《おがた》精密電機社長の緒方秀樹《ひでき》とは大学の先輩、後輩である。それだけに、時々、個人的な仕事を頼まれることがあった。

今日も、あの用件だとわかっていたので、神崎は、課長に席を外すと断って、社長室の扉を、ノックした。社長の緒方は神崎の顔を見るなり、

「いよいよ明日、五月九日の夜から技術部長を連れてホノルルに出かける。君も承知しているように、十日から世界の主要な人型ロボット開発企業の会議があってね。五日間帰ってこられない。帰るのは五月十四日だ。会社の仕事は副社長に頼んであるが、君には彼女のことを改めて頼みたくてね。私がホノルルへ行っている間、休暇を取り、四国の高知周辺を旅したいという彼女のために、君に同行してもらうという話になっていたと思う。彼女もそれを望んでいるのでね」

と、いった。

彼女というのは、社長秘書の高見沢愛香《たかみざわあいか》のことである。高見沢愛香は緒方の秘書になって五年になる。とにかく、美人である。そのうえ四国の大学を出たあと、東大の大学院を経てハーバードに留学した秀才で、美貌と才能は誰もが認めているの

だが、ここへ来て、社長の緒方と男と女の関係なのではないかという噂《うわさ》も流れていた。緒方は現在五十六歳で独身だし、高見沢愛香の方も独身なので、二人が付き合っていても別におかしくはないのだが、社内の噂になっているのは二人だけでいる姿を見たといった話が絶えないからだった。

緒方は、

「特別に君に頼みたいことがあるんだけどね」

と、いい、コーヒーを運ばせて、それをすすめながら、

「とにかく五日間、彼女の面倒をしっかりと見てもらいたいんだよ」

神崎は大学の先輩、後輩という親しさからつい、

「高見沢さんとは結婚されるんですか？」

と、きいてみた。緒方の顔に微笑が浮かんだ。

「私の方は、できれば結婚したいと思っている。ただ、向こうがどう思っているかでね。それがちょっとわからなくて」

緒方にしては、珍しく、弱気なことを口にする。

「でも、社長の卓見《たつけん》は、ベンチャー企業のリーダーとして立派ですし、女性から見れば、結婚の相手としては申し分ないと思いますが」

と、少しばかりお世辞をいった。緒方の顔に苦笑が浮かんだ。

「実は、君だけにいうんだが、先日二人で赤坂で飲んでね。その時に『緒方さんは実業家としては申し分ありませんけど、その分、男としては少し固すぎて』そういわれたんだよ。確かに、仕事一筋というところがあってね。女性から見たらあまり面白くない男なのかもしれないな」

「そんなことはありませんよ」

「まあいい。それよりも、細かい打ち合わせをしておきたいんだ」

と、緒方は、いった。

本来なら緒方はホノルルの会議に秘書の愛香を連れて行きたいに違いなかった。しかし今回の関係十二か国の企業が集まっての人型ロボットの会議では、主として、技術面とＡＩの未来についてがテーマで、同行は一人までなので、技術部長を連れて行くことになった。その五日間、日本に残る秘書の愛香は、四国・高知の生まれ育ちなので、五日間休暇を取って高知を中心に四国旅行がしたいという話を社長の緒方としたらしいのだ。土讃線《どさんせん》にも乗りたいという。その旅行プランの相談に乗ってやるよう、神崎は緒方から頼まれていた。さらにそのうえ、緒方としては一人で行かせるのは心配だったらしく、課長補佐の神崎が、お目付け役兼お世話係に抜擢《ばってき》されたということである。

神崎自身も、高知の生まれ育ちである。土讃線の周辺にも詳しいし、それに大学の先輩、後輩という関係で私的な事柄だが神崎に頼めばいいと緒方は考えたらしい。

「その五日間だが、高知周辺のどこへ行くかは彼女と決めてくれたのかね」

緒方がきいた。

「大体のスケジュールは決めました」

神崎は、メモを取り出すと、緒方に渡した。彼が愛香と相談して決めたスケジュールは、次のようなものだった。

一日目　五月十日（水曜日）
東京から新幹線で新神戸へ。
神戸からは神戸淡路鳴門《なると》自動車道を使ってタクシーで淡路島へ。渦潮見学後、鳴門へ。鳴門線、高徳線で高松へ。この日高松で一泊
二日目　五月十一日（木曜日）
高松から多度津《たどつ》を経て土讃線で琴平《ことひら》経由大歩危《おおぼけ》へ。大歩危からはバスかタクシーで祖谷渓《いやけい》へ。祖谷渓で一泊
三日目　五月十二日（金曜日）
大歩危から土讃線で高知へ。高知周辺の観光。
高知泊

四日目　五月十三日（土曜日）
　高知から四万十《しまんと》川周辺観光のあと松山へ。
　道後温泉泊
五日目　五月十四日（日曜日）
　予備日

これが、神崎が渡したメモに書いてあるスケジュールだった。

緒方は簡単に目を通してから、

「最近、四国で面白い列車が走っているだろう？　確か名前は『四国まんなか千年ものがたり』という今流行の観光列車だ。それも土讃線を走っている筈《はず》だから、それに乗せてやったら彼女、喜ぶんじゃないかな。それはスケジュールに入れてないのか？」

「もちろん考えました。社長のいわれた『四国まんなか千年ものがたり』という列車は、確かに面白いのですが、毎週月、金、土、日曜日だけ走っているので、五月十日の水曜、十一日の木曜日には走っていないんです。最終日の日曜には走っていますから、この時にスケジュールを空けておいて乗ることにしようかと思っています」

と、神崎は答えた。

「わかった。それからね、もう少しスケジュールを綿密に考えてくれないかね。例えば高松から多度津を経て土讃線に乗って琴平、そのあと祖谷渓で一泊して高知に行くことになっているが、何という列車に何時何分に乗るのか、詳しいスケジュールを知っておきたいんだ。それに、切符の手配もしてやってくれ。旅館の手配もだ」

と、緒方はいう。

「もちろん、切符も旅館の手配も私にまかせていただくつもりです。二日目の土讃線ですが、今申しあげたように、『四国まんなか千年ものがたり』は水、木曜には走っていないので、現在走っている特急しまんとに乗るつもりですが、どの程度まで詳しくメモしておきましょうか？」

「そうだな。しまんとといっても何本も走っているだろう。だから、『しまんと○号』の何号車に乗るか、それも知っておきたい。特急列車に乗る時は、全部グリーン車にしてもらいたいね。私の大事な人なんだから。それから旅館やホテルの名前も前もって教えておいてほしい。旅館、ホテルも最上級の部屋を取ってほしいね」

緒方がいった。

「社長と技術部長は、明日何時の飛行機でホノルルへ発《た》たれるんですか？　その時までに、もう少し詳しいスケジュール表を書いてお渡ししますが」

と、神崎がいう。

「夜の便の筈だ。確か、午後九時五十五分発のホノルル行きの全日空機だ」

「その時には、私も高見沢さんもお見送りに行くと思いますが、メモは、今日中にお渡しします」

と、神崎は、約束した。

2

神崎は、自分の机に戻ると時刻表を手にして、もう少し詳しいスケジュールを作り上げ、社長の緒方に見せに行った。

「ご苦労さん」

と、緒方は一応、メモに目を通していたが、

「鳴門の渦潮を見てから高松へ出て一泊。というのはいいが、翌日、高松から琴平、大歩危、祖谷渓へ行くルートだがね。高松発『しまんと五号』八時二十五分、これに乗って多度津八時五十分、琴平九時一分、大歩危九時四十二分となっているが、高松発が八時二十五分というのは、少しばかり早すぎるんじゃないのかね。彼女にしてみれば、五日間ゆっくりと、高知を中心にした四国旅行をしたいだろうから、もう少し遅くならないかね。土讃線といえば特急南風もあるわけだから」

「しかし、特急南風は高松を通りません。しまんと五号ならば、高松から直接、大

歩危に行けるんですが」

「それにしても、八時二十五分に出発というのは早すぎるよ」

緒方は棚から時刻表を取り出してめくっていたが、

「南風五号というのがあるじゃないか。確かに南風五号は高松を通らない。しかし、途中の宇多津《うたづ》を十時四十分に発車している。高松から、そこまでタクシーを飛ばしたらどうかね？　そんなに時間は掛からないと思うんだが。この時間なら彼女もゆっくり起きて列車に乗れると思うんだがね」

といった。

「確かに高松から宇多津までは一時間もあれば着くので、ゆっくりと行けるとは思います。では、そうするようにスケジュールを書き換えておきます」

神崎は答えた。緒方は念を押すように、

「他の列車の場合も、朝はあまり早くない方がいい。十時前後の出発が一番いいんだ。理由はね、私は技術部長とホノルルの会議に出ている。日本時間の午前十時が、ホノルルでは前日の十五時になるんだよ。午後三時だ。その時間なら、彼女に電話しても大変じゃないしね」

というのである。その後で、

「今いったように、今回は、彼女はゆっくりと旅行を楽しみたいんだから、あまり早い時間や、あまり遅い時間に動くようなスケジュールにはさせたくないんだ。その気持ちでゆっくりしたスケジュールを改めて作って、明日空港で渡してくれ」

と、緒方はもう一度念を押した。

その日の夕方、神崎は、高見沢愛香に新宿のカフェで会って、細かなスケジュールの打ち合わせをした。

「緒方社長ですが、やたらにあなたのことを心配していますよ。こんなことをいっちゃおかしいんですが、社長は相当あなたに参っていますね」

神崎がいうと、愛香は笑って、

「そうなんですか？　ちょっと社長らしくないけど。でも、そんなことを聞くと、女としては嬉《うれ》しいわ」

神崎は持って来たスケジュール表をテーブルの上に置いて、一日目の五月十日から十四日までの綿密な打ち合わせに入った。

「社長は、あなたが旅行をゆっくりと楽しみたいだろうから、あまり早く起こさず、あるいは夜遅くの予定は入れないようにといってました。列車に乗るのはだいたい午前十時頃、ゆっくりと観光地で昼食を取って、夕方ホテルへ入り、できればホテルで夕食を取る。そんなスケジュールで作りたいんですが、構いませんか？」

と、神崎は愛香にいった。

「ええ、もちろん構いませんけど」

「それから、社長はよっぽどあなたのことが心配なんでしょうね。特急列車に乗る時はグリーン車にしてくれ、列車の番号も例えば四国の特急なら『南風五号の七号車』とか、しっかりとスケジュールに書き留めておいてくれ。そういわれました」

「ひょっとすると、旅行中に何回も社長は電話してくるつもりかしら？」

「社長は、日本とホノルルとの時差のこともいっていましたよ。こちらが午前十時頃ならば、ホノルルでは前日の十五時だから、そのくらいの時間に電話をしても別に大変じゃない。ゆっくりと話ができる。そんなことをいっていましたから、たぶん毎日電話してくるんじゃありませんか？」

「そんな心配しないでいいのに。社長は変に細かいところがあるんです」

と、愛香がいう。

「社長と私は大学の先輩、後輩なんで、つい社長に、あなたと結婚するんですか？ってきいてしまったんです」

ひょっとすると怒るかなと思ったが、愛香はにっこりした。

「社長と、そんな話をしたんですか？」

「最近、社員の中でも、あなたが社長と結婚するんじゃないかという噂をする者も、結構いますよ」

「そうなんですか？　私は、聞いていませんけど」

「どうなんですか？　社長は自分の方は結婚したいんだが、あなたの方があまり乗り気でないようで、困っているともいってましたが」

と、神崎がいった。今度は何もいわずに愛香は笑っただけだった。

高知を中心とした四国の五日間。どの列車を使い、どこで降りるか。ホテルも決めて、全《すべ》て神崎が予約を取り、列車の切符も明日までに買っておくことにした。

「最終日の十四日日曜日は予備に取ってあるんですが、社長は新しく四国の土讃線を走り始めた、『四国まんなか千年ものがたり』という観光列車に乗るのがいいんじゃないかといっていました。その点どうですか？　もし、ご希望ならこの観光列車の予約を、取っておきますが」

と、神崎がいった。

「ええ、その列車、とっても興味があるんです。一日一本、多度津、大歩危間の一往復しか走っていないし、三両編成全てグリーン車というので、乗ってみたいなと思っているんです。予約、取っていただけます？」

愛香がいった。

「わかりました。早速予約を取っておきましょう。私も歴史には興味があるんですけど、千年も経《た》っていましたかね？」

「明治維新を歴史の中心に据えてしまうと、とても千年なんかは、経っていないんですけど、屋島とか壇ノ浦なんかの源平合戦を考えて、その頃から数えれば九百年近くは経っていると思います。だから、千年の歴史といっても、別におかしくはないと思うんですよ」

と、愛香がいった。

「高見沢さんは高知で生まれ育ったそうですが、ご先祖は土佐藩の侍か何かですか？」

と、神崎がきいた。今までは目の前にいる高見沢愛香を、社長秘書としてしか見ていなかった。今ももちろん、社長秘書なのだが、しかしこうして旅行の話や歴史話をしていると、少しずつ親しくなっていくような気がしていた。

確かに、魅力ある女性である。美人だし、服装のセンスも良い。それに、何といっても頭が切れる。

「亡くなった祖父から、祖先は土佐藩の家老だったと聞いたことはあります」

愛香がいう。

「それなら、明治維新の時には相当活躍したというか、苦労されたんじゃありませんか。何しろ土佐藩といえば、例の坂本龍馬《さかもとりようま》や中岡慎太郎《なかおかしんたろう》が出た藩ですから」

と神崎がいった。神崎も自分でいうように高知の生まれだが、地元の高校を出ると同時に、一家をあげて東京に移ってしまい、その後高知には帰っていないから、土佐の話といえば、どうしても、坂本龍馬や明治維新の話になってしまう。そんな話は面白くないと一蹴されてしまえば終わりだが、愛香は神崎の話に乗ってくれた。

「私も、明治維新の頃の土佐藩については興味があって、色々と本なんかを読んだりしています。私の先祖の家老も戊辰《ぼしん》戦争では、会津まで攻め込んだみたいなことをきいていましたから」

「それは羨《うらや》ましい。私も高知の生まれですが、先祖は侍じゃありませんから、明治維新や戊辰戦争で活躍した話なんかは、全くないんですよ」

その後、お定《き》まりというか、坂本龍馬と中岡慎太郎が、京都で殺された話になっていった。いまだに犯人も動機もわからないので、この話をすれば自然に座が盛り上がってくるのである。

高見沢愛香という女性は冷たくて、そんな話には乗ってこないのではと思ったが、意外に坂本龍馬の話に乗ってきた。たぶん、彼女の祖先が土佐藩家老だから、それで、昔から関心があったのかもしれない。彼女が、こんなことをいった。

「私は、坂本龍馬と中岡慎太郎を京都で暗殺したのは、薩摩《さつま》の西郷隆盛《さいごうたかもり》だと思っているんです」

それには、神崎は少しばかり驚いて、

「一般には新選組《しんせんぐみ》とか、見廻組《みまわりぐみ》とかいわれていますが、高見沢さんは西郷隆盛が犯人だと思っているんですか？」

「ええ、他にはないと思っているんです」

という。少しずつ神崎も面白くなっていった。そんな話をしていると楽しかったし、彼女との間の溝が少しばかり浅くなっていくような気がした。

「明治維新の立役者は薩摩と長州でしょう？　その薩摩のリーダーといえば西郷と大久保《おおくぼ》ですよ。ただ、薩摩だけでも長州だけでも当時の幕府を倒すことはできなかった。だから薩長は連合して幕府を倒したんです。元々薩摩と長州は仲が悪かった。それを手を組ませたのは、土佐藩の坂本龍馬と中岡慎太郎ですよね。西郷隆盛にしたら自分たちが幕府を倒して明治政府を作れたのは、薩長連合を作ってくれた坂本龍馬と中岡慎太郎じゃありませんか。そんな恩人をどうして西郷が殺すんですか？」

と、神崎がきいた。もちろん彼自身、明治維新については興味があったが、半分は、目の前の高見沢愛香と、話をしているのが楽しかったのだ。

「確かに、土佐藩の坂本龍馬と中岡慎太郎が一生懸命になって、薩摩と長州の手を組ませようとして成功しました。土佐藩のお殿様、うちの先祖が家老ですから、そのお殿様ですよね、その山内容堂《やまうちようどう》というお殿様も薩摩と長州の手を組ませようと考えていてそれに成功したんです。働いたのは坂本龍馬と中岡慎太郎たちですけども、力があったのは、やはりお殿様の山内容堂さんです。その容堂さんが音頭を取って、徳川幕府の将軍慶喜《よしのぶ》や、薩摩藩や他の主な藩の代表者たちを集めて、今後どんな形で政治を動かしていくかの会議が、開かれました。ただ長州藩の人はいなかったみたいですけど。その会議で何が決められたかというと、まず徳川将軍が朝廷に大政を奉還することを誓いました。その後、どんな政府を作ったらいいか、それについて容堂さんが、雄藩連合を作って相談しながら政治を動かしていこうじゃないか、そういう話をして、それに、慶喜さんも他の藩の代表も賛成したんです。坂本龍馬と中岡慎太郎が有名な船中八策でどういう政府を作るのか、どんな政策を実行するのかを模索していて、それを容堂さんが取り上げて、慶喜さんを始め諸藩の代表も賛成しましたから、これからは戦争をなくして諸藩が一致し、いわゆる合議制の政治を作っていこうということに決まりました。その頃の日本にはアメリカ、イギリス、ロシア、フランスなどの各国が艦船で押し寄せていて、虎視眈々《こしたんたん》と日本を狙っていたんですから、戦争してる暇なんかないと、坂本龍馬も中岡慎太郎も思ったし、土佐の殿様もそう思って会議を開いたんです。各藩の意見が一致し、諸藩の連合内閣ができることになったんです。

　ところが、全く同じ時に、別の場所で恐ろしい陰謀が企《たくら》まれていたんです。少しずつ、京都に兵を集めていた薩摩藩と長州藩が密《ひそ》かに天皇から、徳川幕府打倒の詔勅を手に入れていたんです。でもその詔勅、徳川幕府を打倒せよという天皇の言葉は偽物なんですよ。何故《なぜ》って、その頃、孝明《こうめい》天皇が亡くなって、明治天皇になっていましたが、まだ十五歳ですよ。少年です。だから公家《くげ》の偉い人が摂政をやっていました。その摂政の公家は、親徳川で有名な方ですから、徳川幕府打倒の詔勅なんか出す筈がありません。つまり、長州と薩摩の二藩が組んで偽の詔勅を作り上げたんです。その詔書には天皇の直筆もなかった。それでも強引に、薩摩と長州の二藩は京都に兵を集めて、幕府打倒の狼煙《のろし》を上げたんです。それが鳥羽伏見《とばふしみ》の戦いとなって、京都の大半が焼けてしまうんですけど、幕府軍は不意を打たれたのと、何しろ武器の差が歴然としてありました。主力の長州と薩摩は最新式の銃、それをイギリスの商人から七千挺《ちょう》も買って用意していたんです。幕府軍の銃は、火打石銃で、銃の先から弾を込めていたんです。それが、長州藩や薩摩藩の持っていた七千挺の銃は元込め式といって手元から弾を込めることができます。使用する弾丸も火打石銃は丸い弾で空気抵抗もあって、二百メートルぐらいしか飛ばないんですが、薩長の持っていた新式銃は、弾丸の先がとがり、銃身に螺旋《らせん》が切ってあって、五百メートルも飛び、そのうえ命中率も高い。そうなるとたちまち薩長連合が優勢になって、幕府軍は江戸に向かって退却することになります。こうなれば、薩長にとって坂本龍馬と中岡慎太郎は邪魔なんですよ。何故なら坂本龍馬も、中岡慎太郎も戦う為《ため》に薩長連合を図ったわけではなかった。薩摩と長州がそれぞれ孤立していたら幕府軍に叩《たた》きのめされてしまう。そうならないように、まず二つの大藩が強くならなければいけない。そうしておいてから、将軍と仲直りをしてもらう。徳川をリーダーとする連合政府を作って外国の圧力に対抗する。それが坂本龍馬と中岡慎太郎の考えたことだったし、土佐の殿様はその為に、各藩の代表者を集めて会議して、全員が賛成したんですから。それなのにいきなり、偽の詔勅と偽の錦の御旗をかかげて薩長が戦争を始めたんです。特に土佐の殿様山内容堂さんの司会で始まった会議、徳川慶喜の大政奉還、そして各藩の連合による新しい政治体制を作って、新しい制度を確立していく。そこに、薩摩藩代表も来ていて賛成したんですよ。それなのに陰で長州と薩摩は手を組んで兵士を動かし、いきなり討幕の軍を興したんですから、裏切りもいいところでしょう。坂本龍馬と中岡慎太郎は戦争をしない為に薩長連合を作って、新しい政治体制を作ろうとしたのに、薩長の方は徳川幕府を倒す為に、自分たちが徳川に代わって政権を握る為に、薩長連合を作ったんです。そうなれば、邪魔になるのは薩長連合を作った坂本龍馬と中岡慎太郎じゃありませんか。薩長連合の本当の目的を知っているのは、この二人ですから、二人の口を封じる必要があったんです。もちろん西郷が自分で手を下したとは思いません。でも、部下を使って京都で坂本龍馬と中岡慎太郎を殺したのは、紛れもなく西郷です。だって二人が一番邪魔なんですから。徳川を滅ぼして、自分たちが政権を取る為には」

「でも、土佐藩の山内容堂は結局薩長側につきましたね」

と、神崎がいうと、愛香は笑って、

「そこが、あのお殿様のずるいところ。家老の子孫の私が悪口をいっちゃいけないんでしょうけど土佐勤皇党を褒めたり、それを潰したり、幕府側についたり、薩長についたり、日和見《ひよりみ》だといわれた人なんですよ。だから自分は薩長に裏切られたのに、薩長が勝ちそうになると、そちら側についたんです。おかげで、明治政府を作ったのは薩摩・長州、それに土佐・肥前といわれているんですけど、私はあまり好きじゃないお殿様です」

と、いう。

「そうすると、あなたから見て山内容堂というお殿様は、裏切り者なんですか？」

「でも、お殿様ですからね。うちの先祖の家老さんは、どう思っていたのかはわかりません。でも、明治維新から廃藩置県になるまで家老職をしていたといいますから、殿様にはやっぱりどうしても、頭が上がらなかったんじゃありませんか」

「今のあなたが、当時の家老だったらどうします？」

神崎は意地悪く、きいてみた。

「私なら、忍者になってお城に忍び込んで、銃でお殿様を撃ち殺すかもしれません。

もちろん冗談ですけど」

と愛香は、また笑った。

ふと、神崎は、眼《め》の前の愛香は、美しく、一見優しそうに見えるがひょっとすると、怖い女性かもしれないと思ったりした。それを察したのか、

「もう、スケジュールのメモは全て、できたんでしょう？　赤坂に私の知ってるお店があるから、これから、飲みに行きません？」

彼女の方から誘ってきた。

3

神崎が高見沢愛香に案内されたのは、「レッド」という店だった。愛香の大学時代の友達だという三十代のママがいて、五、六人の美人で会話の上手《うま》いホステスがいて、少しばかり高そうな店だった。

「大学の同窓だということは、前からこの店を知っていたんですか？」

と、神崎が愛香にきいた。

「いえ、実はうちの社長と外国のお客さんと来て、初めて大学の同窓生がママをやっているると気がついたの。それから何回か来るようになって、時には私一人で飲むこともありますけど」

と、愛香はいう。

「うちの社長はよくこの店に来るんですか?」

と、神崎がママのきよ美《み》に、きいた。大学の先輩、後輩といっても、社長と課長補佐である。一回か二回は一緒に飲みに行ったことはあるが、それは接待で行った店で、この店に来たことは一度もなかった。

「社長は、一か月に二、三回は来ていらっしゃいますよ」

と、ママがいった。

「僕は、社長とプライベートで飲んだことがないんですが、飲むとどんなふうになるんですか?」

と、興味本位で、神崎はきいてみた。

「緒方社長はお酒に強くて、滅多に酔わない人なんですけど、この人と」

といって、目で愛香を指して、

「二人だけで来た時は、妙に酔っ払ってしまう時があるんですよ。でもあれ、本当は酔ってないみたい。あなたに甘えてるの。そうなんでしょ?」

ママがきいた。

「私と一緒に飲んでいる時だって、社長は滅多に酔いませんよ。ほとんど酔わないのはママがいった通り。だらしない飲み方は、社長はできないみたい」

愛香がいった。

愛香が化粧室に立った隙に、神崎はママにきいてみた。

「うちの社内では、社長と愛香さんが結婚するんじゃないかという噂があるんだけど、この話、どうなんですかね。社長の好きな人は愛香さんだけですか？」

「そうね、確かに他に女性がいるようには見えないし、逆に私は彼女の方がどうなのか、わからないんですよ。大学時代からやたらに男子にモテていましたから。今だって、誰か他に好きな人がいるんじゃないかしら。でも、社長さんと一緒に飲みに来たところを見ていると、他に彼がいるとは思えないし、私だって二人が結婚したら良いと思いますよ。おめでとうっていってあげたい。あの人、頭が良いから社長夫人になったたって立派にやっていくと思いますよ」

とママがいった時、愛香が、戻ってきた。

4

翌、五月九日。神崎は、空港に社長と技術部長を、見送りに行った。社長と秘書の愛香は、既に、空港の出発ロビーにいて、何か話をしていた。技術部長の方は、その妻と中学生の娘さんと話をしている。

夜空に星が見え、夜間飛行日和である。神崎は五日間の四国旅行の詳しいメモをコピーに取り、その一部を社長に渡した。その後、メモを見ながら社長と愛香が話をしているので、遠慮して少し離れた所で待っていた。

定刻より十二分ほど遅れて、緒方社長を乗せた全日空機はホノルルへ向かって出発していった。それを待っていたかのように、科学雑誌の田河《たがわ》という記者が現れ、神崎と高見沢愛香を捕まえた。

「緒方精密電機の社長、ホノルルへ向かって出発しましたね。十二か国の企業が集まって人型ロボットと、ＡＩの未来について話し合うわけでしょう?」

と、二人に向かっていう。

「そういうことになっていますが、私は詳しくは知りませんよ」

と、神崎が逃げた。

「しかし、あなたも緒方精密電機社員なんだから、これから人型ロボットがどんなふうになっていくか、少しは知っているわけでしょう?」

田河は、いきなりバッグから身長三十センチくらいの、小型ロボットを取り出して、二人に見せた。

「これ、緒方精密電機が作った一番新しいロボットでしょう?」

と、きく。

「私は、見たことがありませんが」

神崎が、驚きながらいった。

「そうなんですか？　私は取材といって、販売前にやっと手に入れたんですよ。なんでも、このロボットには一番新しいコンピューターが組み込まれていて、今までのロボットではできないようなさまざまなことを考え、行動すると、聞いているんですがね」

と、田河が、いう。突然、そのロボットが口を利いた。

「私は『ネオ・サイエンス』記者のタガワコウスケの代理です。身長三十センチですが、巨大ロボットのような力も出せますし、五十数か国語を話すことができるし、人間のように考えることもできます」

と、二人に向かっていった。

神崎は、会社が新しいロボットを作っているのは知っていたが、実物を見るのは初めてだった。人型ロボットというのは、大きさの大小はあっても、だいたい同じような恰好《かっこう》をしているものだが、今、田河という記者が見せたロボットは、今までのものとは少し違った感じを受けた。

今までは、三十センチ台だとだいたいオモチャのようだったが、今目の前にある小さなロボットは、銀色の肌をしていて、どこかヌメッとした感じを受けた。たった今喋《しゃべ》ったのだが、それも低く抑えた電子音の感じである。

「この新しいロボットについて、色々とお話を聞きたいんですが、近くのカフェに行きませんか？」

と、田河が誘った。

「私は用があるからお相手できませんけど、神崎さん、一応、会社の人間ということで話を聞いてあげてください」

愛香はそういって、さっさと、姿を消してしまった。仕方がないので、神崎は空港内のカフェで田河と話をすることになった。

田河は、そのロボットをテーブルの上に載せた。

「お宅の会社で働いている技術者の一人が、このロボットを私に販売前に譲ってくれたんですけどね、彼が面白いことをいっていたんですよ。それが何かというと、このロボットの技術ですね、アメリカの軍関係者が関心を持っているというんです。それだけじゃない。密かに日本の防衛省も関心を持っていて、もっと新しいＡＩを搭載した、もう少し大きな一メートル大くらいのロボットができたらば、それを防衛省でも将来、役に立つかどうかを調べてみたいと、お宅の社長に話を持っていったそうじゃありませんか」

と、田河がいった。

「そういう話は、知りませんよ。そんな物騒なロボットとは、思えませんがね」

神崎は、改めて目の前のロボットに目をやった。

相変わらず、ヌメッとした感じを受ける。今までのロボットのオモチャといえば、鉄の塊のようなギクシャクとしたものだが、このロボットは何か全く別の生物のような感じを受けるのだ。

「私は、このロボットを家に持ち帰って色々と試してみました。想像以上に力のあるロボットですよ。例えば私が今、『アタック』のボタンを押すと、あらゆる方法、あらゆる力を使ってあなたを攻撃する。逆に『ガード』のボタンを押すと、同じようにあらゆる方法、力を使って私を攻撃から守る。これは、想像以上の力ですよ。だからこそ防衛省が興味を持ったり、アメリカの軍関係者が関心を持つのだと思います。どうぞ振り回してみてください」

神崎は、両手を伸ばして目の前のロボットをつかんで振ってみた。しかし、何の反応も起こさない。

「まるで無抵抗主義者じゃないですか」

というと、田河は、

「それは、私がボタンを押さないからですよ」

そして、

「アタック」

といってボタンを押した。途端に猛烈な電気ショックが神崎の手に伝わって、思わず声を上げてつかんでいたロボットを落としてしまった。ロボットは、自分の力でテーブルの上に立ち上がった。のっぺりとした顔に突然、眼《め》と鼻、口が浮かび上がってきた。神崎に向かって、

「降伏せよ」

といった。

「手を上げてください」

田河がいった。訳もわからずにロボットを見ていると、不意に目の前のロボットの体が小刻みに揺れ出した。田河が慌てて、ボタンを二度押すと、途端に、ロボットの微動が止《や》んだ。

その時店の入り口の方で喧嘩《けんか》が始まった。体の大きな外国人二人が何か叫びながら、殴り合いを始めたのだ。

「見ていてくださいよ」

と田河がいい、

「三時の方向、アクション！」

と叫んでボタンを押した途端に、三十センチの小型ロボットが突然飛び上がり、殴り合いをしている二人の外国人の方に向かって、飛んだ。ふわふわではなく、激

しいスピードで飛んでいくと、二人の体に当たった。

途端に二人の大男の体は弾《はじ》かれたように壁にぶつかり、床に叩きつけられた。攻撃したロボットは、ゆっくりと倒れている男たちの近くに着地し二人を見つめている。田河は走っていった。神崎も心配になってその後についていく。

床に叩きつけられた大男二人は、ノロノロと体を起こし、まるで、幽霊でも見るかのように、目の前に立つ小さなロボットを見つめた。田河が英語で二人にいった。

「今、お二人が喧嘩《や》を止めて大人しく店を出ていかないと、再びロボットが攻撃しますよ。そうなるとたぶん、あなた方は、病院に行くことになる。そうなる前にさっさとこの店を出ていきなさい」

ロボットの光る眼が、じっと二人の男を見つめている。一人がロボットへスマホを投げつけた。途端にロボットの目から出た光線がスマホを消してしまった。瞬間、神崎は目撃したのだ。スマホが極小の分子に分解されて、消えていくのをである。

顔色を変えた二人の男は悲鳴を上げて店から飛び出した。

「全て、終了」

今度は田河が日本語でいうと、ロボットの眼の光が消えてゆき、単なる三十センチの物体になった。それをひょいと持ち上げて、田河は元のテーブルへ戻った。

「なかなか、面白いでしょう」

と、田河が、いった。

「しかし、危険な代物《しろもの》ですね。どうして、スマホが消えたんですか？」

「光線が、スマホを消したんです。光は粒子でもあり、波でもあり、さまざまな特性を持っています。バラバラの形では何の威力もありませんが、それが集中すると、瞬間、恐るべき力を発揮します。今はまだスマホぐらいの大きさのものを破壊するのが、せいぜいみたいですがそれでも防衛省が興味を示すでしょうし、アメリカの軍部は、このロボットを兵士の大きさにすることに関心を持つでしょうね」

「そんなものを日本で作るなんて物騒じゃありませんか。うちの会社は、もっと楽しい安全なものを作ってほしいな」

「お宅の社長はオモチャじゃ儲《もう》からないと思っているんじゃありませんか。ちょっと危険なものだからこそ、今回のホノルルの会議で、緒方精密電機が売り込もうとしているんじゃないんですか」

　と、田河は、更に、言葉を続けて、

「それで、ききたいんですがね。お宅の社長さんは、何か、いっていませんでしたか。この新型ロボットは、すでに百体をホノルルに送ってあって、それを今回の会議の参加者にプレゼントするそうですよ。そんな話を社長さんから聞いていませんか？　一挙に、人型ロボットのシェアを広げようとしているんだと」

と、田河が、しつこく、きく。

「いや、全く聞いていませんよ。この新しいロボットを製作していることも知りませんでした。たぶん、社長と技術部門、それに製作部門のトップしか、このロボットについては、知らないんじゃないですかね。危険性とか、軍事転用だとかが問題になったら、発売は、延期されるかもしれませんよ」

そうであってほしいと思って、神崎はいった。これは、オモチャというより凶器である、と。

「そうでしょうね。あまりに威力があると、外国の会社の中には、競争したくないから、お宅の緒方社長に販売中止を要求するところもあるかもしれませんね」

田河も、いった。

神崎の頭の中で、何かが、少し変わった。

5

翌、五月十日。神崎は高見沢愛香と落ち合うために、東京駅の東海道新幹線ホームへ上がっていった。

東京発九時三十分の「のぞみ二十一号」はすでにホームに入っていた。切符を手配したグリーン車の八号車をのぞいたが、まだ、愛香の姿はなかった。

ドアが開いたので中に入り、十二番の通路側B席に腰を下ろしていると、深く帽子を被った愛香が乗ってきた。神崎は立ち上がって愛香を窓側に行かせた。

「昨日、田河という雑誌記者が持ってきた、ロボットのことですが、私は、うちで作っていることを知りませんでした」

神崎がいうと、

「私もはじめは知りませんでした。社長にきいたら、ちょっとばかり計画以上に危険なロボットができてしまったので、改良すると。それに、会議に参加する十二か国それぞれの企業の責任者には、プレゼントしないことにしたともいっていました。同行している技術部長にきいてみたら、彼も少しばかり危険なオモチャになってしまったので、販売するにしてももう少し制限をかけたロボットにしてからだと、いっているそうですよ」

「それを聞いて、少し安心しました」

「私も、同感。平和憲法を持っている日本があんな危険なロボットを販売しちゃいけませんものね」

と、愛香がいった。

九時三十分。二人を乗せた「のぞみ二十一号」が東京駅を出発した。

午前十時きっかりに、愛香のスマホが鳴った。

「社長ですよ」

神崎が小声でいった。愛香が笑って席を立ち、五、六分すると、戻ってきた。

「やっぱり社長の電話でした」

「社長、何といっていました？」

「向こうは、前日になるんですけど午後三時の休憩になったところで、心配になったから電話してみた、ちゃんとのぞみ二十一号のグリーン車に乗っているか、ときかれました」

「あなたのことが心配なんですよ。それで、どう答えたんですか？」

「ちゃんと乗っていますけど、社長の方はどうなんですか？　ちゃんと、会議に出ているんですか？　とききました。そうしたら、傍《そば》にアメリカのロボット会社社長がいるから証明してみせるといって、その社長を電話口に出すと『ミスター緒方は間違いなく傍にいる』と、アメリカの社長がいいました。まるでアリバイの証明みたい」

と、愛香が笑った。

新神戸着十二時十五分。幸い、神戸の空も晴れていた。すぐ、予約しておいた地元のタクシー会社に電話して、一台貸し切りにして来てもらい、淡路島に、向かった。ゴールデンウイークが終わったばかりのうえにウイークデーなので、道路も空《す》いている。二人を乗せたタクシーは、神戸淡路鳴門自動車道を快適なスピードで走る。

淡路島を真っ二つに切り裂くようなハイウェイである。途中には、遊園地のような建物や観覧車が、造られていた。カフェもレストランもある。

カフェに入ると、鳴門の渦潮の干潮満潮の時刻が出ていた。鳴門公園から渦潮を鑑賞できるというわけである。

時間があるので、カフェの窓から淡路島と鳴門を繋《つな》ぐ、空中に架かる橋を見ながら、二人で軽い昼食をとった。神崎が食事をしながら、

「今頃は、社長もホノルルで食事中ですかね」

と、いうと、
愛香が、いった。

「もう、会社の話や、社長の話は止めましょうよ。五日間楽しく過ごしたいから」

昼食の後、公園に行ってみると行列ができていた。もっと間近から渦潮が見られる施設があるというので、そこに、タクシーで行ってみることにした。

海に突き出した建物である。細長い屋根つきの通路が海に向かって突き出している。通路も、所々ガラス張りになっていて渦潮が足下に見えた。

どこかの中学生のグループが、来ていた。窓口で入場券を買い、そのグループについて、海へ突き出した廊下を歩いていった。

ちょうど干潮の時間になっていて、大きく渦を巻いて流れていく渦潮を眼下に見

ることができた。愛香は立ち止まって、渦潮に目をやった。

「あの渦の中に落ちたら、人間はどうなるのかしら」

と、いう。

「たぶん、渦に巻き込まれて沈んでしまうんじゃないんですか？　もがいても渦から逃げ出すのは難しいんじゃないかな」

神崎がいった。

「それって、息ができなくなるのかしら？」

「そうですね、あの勢いを見ていると、いくらもがいたって海面に出ることはできそうもないですよ」

「でも、泳ぎが上手かったら何とか逃げ出せるんじゃないかしら」

「高見沢さん、泳ぎは上手いんですか？」

「大学時代は水泳部にいたの。大学対抗リレーに出られた程度の力だけど、何となく見ていると、あの渦から逃げ出せるような気がするわ」

そういい、しばらくの間、愛香は、アクリルガラス越しに渦潮を見つめていた。

その後、二人はＪＲの鳴門駅に出てタクシーを捨て、高松へ行く列車に乗った。

高松駅は、以前神崎が知っていた駅とはかなり違っていた。改装されて、広く明るいガラス張りになっている。そのガラス面に白で飾り付けたのか、目と口ができていて、子供の顔のように見える。駅の近くのホテルKに、二人は入っていった。午後六時少し前である。

　フロントでチェックインをすませ、中華料理の店で夕食を取っていると、また愛香のスマホが鳴った。今度は、椅子に腰を下ろしたまま愛香は電話に出て、

「現在午後六時五分。高松駅前のホテルKで、夕食を取っています。そちらは今、夜の十一時過ぎでしょう？」

　と、神崎の目の前で、ホノルルの緒方社長と電話をしている。社長が何か答えているらしいが、箸《はし》を動かしている神崎には聞こえてこない。

「もうそろそろ、お休みになったらどうですか？　そちらは夜が遅いんだから。私の方はこれから夕食をすませて、市内観光でもしてから寝ます」

　そういって、愛香が電話を切った。

「緒方社長ですね」

「ええ。向こうはもう夜の十一時過ぎなの。早く寝た方がいいのに。こちらのことを心配しているのかしら」

「心配しているから掛けてくるんですよ。私は完全な安全パイなのに」

「神崎さんは彼女いるんでしょう？」

「一応、彼女はいます。来年の四月頃には結婚しようと思っています」

「それは、おめでとうございます」

と、愛香が少しおどけていった。

「どうですか？　来年一緒に結婚式あげませんか」

ちょっとふざけていってから神崎は、

「あッ、駄目ですね。僕の方は国内でやると思います。そちらは世界一周の新婚旅行でしょうから」

「そんなこと、私はまだ考えていません」

「しかし、社長の方は結構考えているかもしれませんよ」

「そうかしら」

「世界一周新婚旅行か、ハワイに別荘を買って、そこに新婚旅行に行くか」

「私はハワイよりも、高知が好き」

と、愛香がいった。

愛香は、緒方社長との電話では、食事の後、夜の高松市内を散策するみたいなことを口にしていたが、初日で疲れたといい、最上階のスイートルームに入ってしまった。神崎の方は三階のシングルルームである。神崎自身も第一日目で疲れが溜《た》まっていたのか、すぐ眠り込んでしまい翌朝目が覚めた時には八時を過ぎていた。

今日は宇多津まで行って、そこから「南風五号」に乗らなければならない。そういうスケジュールを組んで、それは、ホノルルにいる緒方社長にも知らせてあるからである。食堂に行くと、愛香の方が、先に食事をしていた。神崎も食事を始めると、近くの宿泊客が妙な話をしていた。

昨夜遅く、このホテルの最上階付近で悲鳴が聞こえたというのである。男の悲鳴らしいというので、それならこちらとは、関係がないと神崎は食事を続けたが、新しく来た泊まり客も同じような話をしている。男が最上階辺りで悲鳴を上げていたという話をする客もいれば、非常口から飛び出していったのを見たという客もいた。いずれにしろ、自分たちには関係ないと神崎は思い、手早く食事をすませると、すぐタクシーを呼んでもらった。

タクシーで宇多津駅へ向かう。岡山発高知行きの「南風五号」に乗る為である。十時四十分の列車。何とかそれに間に合って、五両編成の先頭車両、グリーン車に乗ることができた。

宇多津を発車すると、十時五十八分琴平着。そこで降りて二人は、金毘羅《こんぴら》神社へお参りに行くことにした。

大学まで四国にいた愛香は、何回か金毘羅様にお参りに行ったという。だから金毘羅参りは、彼女の要望だった。

四国の人間は、金毘羅様に対して特別な親しみを持っている。それは、四国に生まれた神崎にもわかる感情である。実際には神様なので、それらしき畏《おそ》れのようなものを持たなければいけないのだろうが、金毘羅様に限っては、親しみだけである。

正式な名称は「金刀比羅宮《ことひらぐう》」である。海の神様なのだ。本宮までの階段が七百八十五段、さらに奥社まで行けば合計一千三百六十八段もある。高校時代、神崎は、陸上部で長距離をやっていたので、トレーニングと称して、この階段を上らされたことが何回かあった。今はとても上れないというと、何故か、愛香は、

「今日は一番上まで上ってみたい」

さっさと上り始めた。

神崎は、てっきり社長秘書という肩書きを持つ愛香は最後までは上らないだろうと思っていたから、予想とは反対の生き方をしているような感じに見えた。いきなり一千三百六十八段を上りたいといって、石段を上り始めた愛香には、ちょっと、びっくりした。そんな、地味な、あるいは、信心深い女性とは、対極にいるような感じだったからである。

仕方がないので神崎も一緒になって、石段を上ることにした。途中で、

「一休みしましょうか」

神崎が声を掛けたが、愛香は黙ってどんどん上ってゆく。

何とか一千三百六十八段を上りきると、そこには、見晴らし台があった。何人か

の観光客がそこからの展望を楽しんでいる。

眼下に讃岐《さぬき》平野が広がっていた。その先にキラキラ光っているのが瀬戸内海である。まだ、五月中旬とはいえ、快晴の南国四国である。じっとしていると、やはり暑い。近くにアイスクリームの屋台が出ているのを見て、神崎は二人分を買いに行った。

買って戻ってくると、まだ愛香は讃岐平野と瀬戸内海を見つめていた。すぐそばに行こうとして、神崎が急に立ち止まったのは、彼女をじっと見ている男に気がついたからである。

三十代に見える、背の高い男だった。ジーパンにスニーカー。薄いジャンパーを着ている。野球帽を被っていて、そのうえサングラスをかけているので、男の表情ははっきりしない。しかし、高見沢愛香を見つめていることは、間違いなかった。彼女を知っていて見ているのか、スタイルの良い美人がいると思って見つめているのか、神崎にはわからなかった。

そのうちに男は見晴らし台を離れて石段を下りていった。もし、知り合いだったら声を掛けてくるだろう。そう思って、男のことは愛香にはきかないことにして、神崎は買ってきたアイスクリームを渡した。一緒になってアイスクリームを舐《な》めながら、しばらく讃岐平野を眺めていた。

「『四国まんなか千年ものがたり』というのは、どういうことなんでしょうかねぇ。先日、高見沢さんは源平の戦いの頃から考えれば千年近いんだといってましたが、千年の歴史物語があるようには見えませんね」

と神崎がいうと、愛香は笑って、

「今は歴史よりも讃岐うどんが食べたい」

と、続けて、

「確か、観光案内を見たら、琴平の町にも、美味《おい》しい讃岐うどんを食べさせるお店があると書いてあった」

そのあと、彼女はスマホで調べて、

「この店! 絶対この店に行きたい」

どうやら金毘羅様の近くにある店らしい。

二人は長い階段をゆっくりと下り、それから参道近くにあるその店を、探して入ることができた。

食べ始めた途端、愛香のスマホが鳴った。正午十二時。愛香は箸を置き、少しおどけて、

「ただ今、正午ジャスト。愛香です」

今度は向こうの社長の声も、微《かす》かだが聞こえた。

「スケジュールによると、今は金毘羅様にいることになっているね」

「金毘羅様にお参りをして今、近くの有名な店で讃岐うどんを食べています。こちらは十二時ですけど、そちらはもう、午後五時ですか？」

「今、会議が一休みしたところだよ。十二か国の代表が集まっているんだが、会議の前はニコニコしているのに、会議が始まった途端にみんな厳しい目になってね、どこの国、どこの会社がロボット技術の最先端を行っているのか、みんなそれを知りたいんだ」

「じゃあ、今日も会議は夜遅くまでかかるんですか？」

「今の状態だと、ひょっとすると昨日と同じように夜遅くまで会議は続くかもしれない。お互い探り合いでね。自分のところの技術がどこまで進歩しているのか、それを隠しながら相手の進捗《しんちょく》具合を探ろうとしているんだ。ああ、会議が再開されるようだから、失礼するよ。四国の旅、楽しみなさい。あと、今日を入れて四日だから」

といって、緒方は電話を切った。

また、愛香は箸を動かしていたが、急に、

「あッ。きくの忘れちゃった」

「何を忘れたんですか？」

「泊まっているホテルの名前はきいたんだけど、何号室に泊まっているのか、きくのを忘れちゃった」

「そんなことは、どうだっていいじゃないですか。何号室に泊まっているのかがわかったって、そこに行けるわけじゃないんですから」

「そうだけど。でも向こうはこっちのホテルの名前から、何階の何号室に泊まっているかまで、メモに書いて渡したんでしょ？　だから、社長のこともう少し細かいことまで知っておきたいの」

と、愛香がいった。

第二章

かずら橋にて

1

琴平町は、文字通り「金毘羅様《こんぴら》」の門前町である。

持て余すほど広くもなく、といって、夜店のように小さくもない。その上、琴平独特のみやげ品も、さまざま売られていて、愛香は、ご機嫌だった。

その一つ、金毘羅の金をイメージしたソフトクリームを買い、神崎も付き合って、二人でそれを舐《な》めながら、JR琴平駅に向かって、歩いていった。

「他にも何か面白いものないかしら？」

「パンフレットを見ると、うどん学校というのがありますね。材料つきで、讃岐うどんの打ち方から、ゆで方まで教えてくれるそうです。しかし、一時間かかるとあるから、無理ですね。南風十一号に間に合わなくなる」

「残念」

「それとも、今日は、琴平に泊まりますか？　それでも、スケジュール通りに回れますよ」

神崎がいうと、愛香は、急に、笑いを消して、

「それは駄目！」

と、大きな声を出した。

逆に、神崎の方がびっくりして、

「社長はハワイなんだから、もっと自由に動いたら、どうです？」

「私は、まだ社長秘書。それに、社長は仕事でハワイに行ってるんだから、いつ、私に用があって電話してくるかわからない。それだから、きちんと、社長に伝えたスケジュール通りに、動きたいの」

と、愛香が、いう。

「やっぱりね」

「やっぱり、なに？」

と、愛香が、笑う。

「社長を本当に好きなんですね」

「さあ、どうかしら」

また、照れたように、愛香は、笑った。

琴平十四時一分発の「南風十一号」に乗った。

もちろん、一号車のグリーン車である。

座席ナンバーも、緒方社長に知らせてある。

今日は、四国の名勝「祖谷渓」泊まりで、旅館も予約済み、その旅館名も、社長に知らせてあった。

祖谷渓の入り口は、一応土讃線の「祖谷口駅」だが、ここに特急は停車しない。特急「南風」は、琴平を出たあと、阿波池田《あわいけだ》、大歩危と停車していく。

阿波池田で降りて、車で祖谷渓へ向かってもいいのだが、大歩危で降りることにしたのは、大歩危の方が、祖谷に近いのと、最終日の五月十四日日曜日に乗ることに決めていて、社長もすすめていた「四国まんなか千年ものがたり」の停車駅が、

多度津——善通寺——琴平——坪尻《つぼじり》——大歩危

になっていたからだった。ただし坪尻はスイッチバック用の運転停車駅である。

社長がすすめた列車であり、愛香も期待している特別列車である。その列車の予行演習の形にしたいと思い、神崎も、大歩危で降りるスケジュールに、賛成していた。

大歩危から、下流の小歩危《こぼけ》に向かって流れるのが、四国を横断する吉野川である。吉野川の激流が、二億年をかけて、山を削って作った巨岩、奇岩が五キロも続く渓谷なのだ。

以前は、ひたすら、その景観を眺めるだけだったが、今は、観光地化して、観光遊覧船があり、急流を楽しむラフティングツアーもある。

十四時四十三分、二人の乗った南風は大歩危駅に着いた。

名勝祖谷渓は、大歩危、小歩危と同じ吉野川の上流にあると間違える人もいるが、

祖谷渓を流れるのは、祖谷川である。

大歩危駅の近くには、観光船の発着所や、今はやりの道の駅や、大歩危峡まんなかという名のレストランなどもあるが、二人は、駅前から四国交通のボンネットバスに乗り、まっすぐ、祖谷渓に向かった。

大型バスがやっと、という山道を、二十分近く走ってかずら橋ホテル前で降りた。予約しておいたホテルである。

すぐ近くに、有名なかずら橋がある。

二人は、チェックインして、荷物を預けてから、かずら橋を見に行くことにした。五、六分して、部屋から出てきた愛香は、着がえていた。

胸にふくらみを持たせた白のセーターに、白のパンツルックで、ツバの広い黒の帽子、薄色のサングラスという恰好だった。

秘書スタイルからの変身である。

ホテルから歩いてすぐの所に、あのかずら橋が、かかっている。

日本三奇橋の一つに数えられている。平家の落人《おちうど》が追《つ》っ手から逃がれるために、すぐ切り落とせるように、かずらで編んだ吊り橋だといわれる。

今は、そうした落人伝説とは関係のない観光橋である。だから、五百五十円の通行料が必要である。

祖谷川から、十四メートルの高さがある上、かずらで編んだ橋だから、渡ろうとすると、かなり揺れる。

神崎が先に渡り始めたが、続いてくる愛香は最初から、小さな悲鳴をあげた。

社内では、気の強さで知られている愛香だが、

（大丈夫か？）

と、振り向くと、愛香は、しがみついてきて、

「私ね――」

「高所恐怖症ですか」

「残念ながら、そうなの。止めとけば、よかった」

「とにかく、渡りましょう。つかまってください」

少しばかり、得意になって、神崎がいった。

最近、高く、長い吊り橋に人気があるが、このかずら橋は、長さは四十五メートルである。

幅は二メートルあって、並んで、渡ることができた。神崎は、横から、愛香を抱えるようにして、何とか、渡り切ることができた。

愛香は、しゃがみ込んで、小さく息をついている。

「こういうのは馴《な》れですよ」

と、神崎は、励ました。

「馴れそうもないけど」

「少し休んだら、元気を出して戻りましょう」

と、神崎が、声をかけると、愛香は、急に背を伸ばして、

「もう大丈夫」

と、いい、自分から、帰路用に作られたコンクリート製の永久橋を、戻り始めた。

ホテルに戻ると、このホテル自慢の、祖谷渓を見渡せる露天風呂に入り、そのあと、これも自慢の郷土料理の夕食になった。

食事の前に、神崎は、ビールを飲みたかったのだが、愛香の前なので遠慮していると、彼女の方から、

「今日は楽しかった。乾杯しましょう」

と、ビールを注文してくれた。

愛香は、かなり強い感じで、それも明るい酒なので、神崎も、楽しく飲めたし、食事に入ることができた。

そうなると、どうしても、愛香と社長とのことが、聞きたくなって、

「最近の女性は、別に、結婚しなくてもいい、と考えているみたいだけど、高見沢さんも、その考えですか？」

と、きいてみた。

「そうねえ」

と、愛香は、ちょっと考えてから、

「前は、ひとりも気楽でいいなと思っていたんだけど、母が亡くなってから、少し変わったような気がするの。母とは同居していたわけじゃないんだけど、どっかで、気持ちの上の支えになっていたんだと思う。だからかなあ、ちょっとだけ、誰か、支えになってくれる存在が欲しいと思うことが。男の人はどうなの？　神崎さんなんか、われひとり往《ゆ》くみたいな感じだけど」

「そんなことはありませんよ。突っ張り棒がないと、ひっくり返るんじゃないかと、必死になることが、よくありますよ。男はいつも子供ですから」

「突っ張り棒？」

と、愛香は、笑ってから、

「ちょっと、ごめんなさい」

と、スマホを手にして、部屋を出ていった。社長との連絡に行ったらしい。

戻ってくると、

「今、このホテルで夕食中と報告してきたわ」

「社長、何といってました？」

「独身最後の旅行になるかもしれないから、楽しみなさいって」

「それって、間違いなく、プロポーズですよ」

と、神崎は、いった。

「そうかしら？」

「そうですよ。ハワイから帰ってきたら、社長、間違いなく、プロポーズしますよ」

神崎は、その時、自分のことを考えていた。

社長と愛香が結婚したら、会社での自分の立場が、どうなるかだった。

愛香は、秘書のままかもしれないが、副社長にはなるかもしれない。副社長兼秘書だ。

神崎は、社長とは同じ大学の後輩である。少しは、同じ社員の中で有利には働くだろうが、神崎の他に、社長と同じ大学の出身者は、何人もいる。

そうなると、副社長との距離の方が、人事に影響してくるかもしれない。

愛香の秘書としての力量は、よくわかっている。

だが、どんな副社長になるかが、わからない。

今の愛香の様子から見ると、会社の人事に口出しすることはないように見えるが、これればかりはわからない。意外に人事に口を挟むような副社長になるかもしれない。

今から、それに備えておくのがいいのか。

「明日のスケジュールだけど――」

と、声をかけられて、あわてて、

「何かご希望がありますか？」

と、きき返した。

「朝十時三十七分大歩危発の南風三号に乗るんでしょう。その前に、もう一度、かずら橋を見に行けないかしら」

「行けないこともありませんが、そうなると明日は早起きしてもらわないと。それに、日曜日には、例の観光列車『四国まんなか千年ものがたり』で、また、大歩危に来るから、かずら橋も見られるし、ゆっくり、平家の落人集落も探索できますよ」

と、神崎は、説得した。

「わかりました。明朝は、ゆっくり起きるわ」

と、愛香が、応じる。

神崎も、ゆっくり起きることにしようと思ったのだが、ここまで、神経を張りつめてやってきたせいか、三日目の十二日は、午前六時には、目をさましてしまった。

少し早目に食堂に行くと、愛香は、例の恰好で、先に席に着いていた。

「早いですね」

と、声をかけると、愛香は、笑って、

「ホテルの自転車を借りて、かずら橋に行ってきました」

「どうして、そんなに、かずら橋に拘《こだわ》るんですか？」

「実は、昨日ハワイの社長に電話した時、頼まれたの。社長が向こうで仲良くなったアメリカのライバル会社の社長が、世界の面白い橋の写真を集めているので、四国のかずら橋の写真を撮って送ってくれと、いわれたんです。それを忘れていたんで」

と、愛香は、いう。

かずら橋の写真は、もう送ったという。

神崎は、ホテルに、タクシーを呼んでおいてくれるように頼んでおいてから、朝食を食べることにした。

2

神崎が、来た時の四国交通バスを使わなかったのは、大歩危までの道路が狭くて、バスが、すれ違いに難渋していたからだった。それで、大歩危に着くのが遅れて「南風三号」に乗れなくなるのを心配したのだ。

神崎の心配ほどのこともなく、タクシーは、順調に走って大歩危駅には、三十分も前に着いてしまった。

大歩危午前十時三十七分発の「南風三号」に、ゆっくり乗る。もちろん、一号車のグリーン車である。

大歩危を出ると、
大杉　　十時五十八分
土佐山田　十一時十七分
後免《ごめん》　十一時二十二分
と、停車して、終点高知着は、十一時三十分である。

駅を出ると、さすがに、南国高知らしく、初夏の暑さだった。

「生まれ故郷に着きましたよ」

と、神崎が、いった。

「そうなんだけど、少しばかり戸惑ってるの」

「どうしたんです？」

「もう少し感動すると思ったんだけど。仕方がないわ。駅前の様子も変わってしまったし、両親も、もういないから」

「あなたも、それだけ大人になったということですよ」

「そうね。故郷に感動しなくなるのは、大人になった証拠かもしれないわね」

「それでも、タクシーで、高知の町をひと回りしませんか。泊まるホテルは、もう予約してあるし、午後六時までに入れば、いいんですから」

と、神崎は、励ました。

「それなら、市内の坂本龍馬に関係する場所を回りたいんだけど」

と、愛香が、いう。

「最近、坂本龍馬という人間の生き方に、興味を持つようになって、彼について書かれた本なんか読んでるのよ」

「最近ですか。私もファンだから大いに歓迎ですよ」

と、いってから、急に「ああ、そうか」と、納得した。

社長の緒方が坂本龍馬の熱烈なファンだったことを、思い出したのである。

「とにかく、駅前で、軽い昼食をすませて、龍馬めぐりをやりましょう」

神崎も、少しばかり、興奮していた。

駅前のカフェで、軽食を取ってから、タクシーで、龍馬めぐりをやることになった。

中年の運転手だったが、遠くから来た客の多くが、龍馬めぐりを頼むという。

「いつもは、どんな場所を案内するんですか？」

と、神崎がきいた。

「二通りのルートを見せて、どちらにするかお客さんに決めてもらいます」

運転手はその二つのルートを教えてくれた。

一つは、高知市内にある龍馬関係の場所めぐりである。

龍馬誕生の地　高知市上町
坂本家の墓所　高知市山手町
和霊神社（龍馬が脱藩前に参拝した神社）　高知市神田
龍馬の生まれたまち記念館　高知市上町
こうち旅広場（大河ドラマ「龍馬伝」のセットあり）　高知市北本町

神崎の知らなかった場所が、ほとんどだった。それだけに、行ってみたい気もするが、高知市内を、細かく回っていく感じもある。何となく、坂本龍馬にふさわしくない感じがして、もう一つのルートを教えてもらうことにした。

こちらの方は、簡単明瞭、まず、高知城を見学したあと、市内を出て、まっすぐ、桂浜《かつらはま》へ。そこで有名な龍馬像を見たあと、近くの高知県立坂本龍馬記念館を見学する。それだけである。

神崎は、そちらの方が楽しそうだと思ったし、愛香も、すぐ同意した。

3

高知城は、市内の高知公園内に聳《そび》えている。

土佐二十四万石の城である。天守と追手門《おうてもん》の両方が残っているのは、日本に三城しかないと、説明されている。

神崎と愛香は、運転手に案内されて、天守の最上階に昇った。高知市内の展望が、素晴らしかった。

神崎の気持ちが、少しずつ高潮してくる。これは城の持つ力かもしれない。

このあと、タクシーは、いっきに、高知市を抜けて桂浜に向かった。

三十分ほどで、太平洋に面する桂浜に到着。

よく晴れていたが、風が強く、海は、白く波立っていた。

それが、かえって、楽しかった。

神崎は有名な坂本龍馬像と同じ身構えで、太平洋を眺めている。

爽快である。龍馬が見つめていた海も、今日のように、よく晴れていたが、白波が立っていたのではないかと思えてくる。

愛香が喜んだのは、龍馬の像よりも、近くで売っていた「アイスクリン」だった。氷菓の一種である。

「私の子供の頃から、アイスクリンだった。今も、アイスクリームではなくて、アイスクリンなのよ。何となく、嬉《うれ》しくなる」

愛香は、本当に嬉しそうにいい、買ったアイスクリンを、かじっている。

そのあと、坂本龍馬記念館に寄り、最後に加茂屋で、龍馬がらみのみやげものを買うことにした。

龍馬グッズである。

愛香は、いろいろあるグッズの中から、Tシャツを買い求めた。

黙って、大きさを選び、一ダースほど包んでもらっている愛香を見ていると、

(やはり、緒方社長を愛しているのだ)

と、神崎は、思った。

多分、この旅行が終わったら、緒方が、愛香にプロポーズすることになるのだろう。

そんな思いで、愛香を見ていると、急に、彼女のちょっとした動きが色っぽく見えてきた。

(何なんだろう?)

神崎は少しばかり狼狽《ろうばい》し、その気持ちを自分で叱るように、

「龍馬の扇子をください」

と、声を出していた。

東京に帰ったら、それを、社長の緒方に、プレゼントするつもりである。

このあと、神崎と愛香は、タクシーで、市街に戻り、予約しておいた老舗《しにせ》旅館の「城西館《じょうせいかん》」に、チェックインした。

城西館は、一八七四年（明治七年）創業の旅館である。

天誠（本館）と千寿（新館）の二棟から成っていて、二人は、千寿の方に、泊まることにしていた。

和食からフランス料理まで用意されていたが、二人は、折角高知に来たのだからと、かつおのたたきの夕食にした。

かつおの旬は、一年に二回あるという。初夏と、晩秋である。今日は、五月十二日なので、初夏の「初がつお」である。

今日は、ビールではなくて、日本酒で乾杯した。地酒である。

少し酔って、自分の部屋に戻った神崎は、テレビをつけてから布団に入った。

別にテレビを見たいわけではない。音がしないと、なかなか眠れないので、テレビをつけたまま、寝るのだ。

だから、テレビの音がしているのだが、本人は目を閉じかけている。そのうち、寝てしまう。

ところが、目を閉じた瞬間、アナウンサーの声で、あわててテレビを見てしまった。

「本日午前七時頃、徳島県の名勝かずら橋から、若い女性が転落して、死亡しました。

年齢は三十歳前後、祖谷渓の自然を見に来た観光客と思われますが、身元は、まだわかっていません。身長百六十八センチ、やせ形で、服装は白いセーターに、同じ白のパンツ。特徴的な、ツバの広い黒の帽子をかぶり、サングラスをかけていました、この女性に心当たりのある方は、すぐ、徳島県警に、ご連絡ください」

その写真が、テレビ画面に出た。

ツバの広い黒の帽子、

サングラス、

白のセーターと、同じく白のパンツ。

死亡した女性の服装である。

神崎は、いつの間にか、起き上がっていた。

(愛香と、全く同じ服装ではないか)

と、思ったからだった。

「ひょっとすると――」

と、神崎は考えてしまう。

「この女性は、ひょっとすると、誰かと間違えて、殺されたのではないのか?」

その誰かというのは、「高見沢愛香」である。

もちろん、神崎の勝手な想像である。

(しかし、愛香の祖谷渓での服装は、やたらに目立っていた)

と、神崎は、思う。

大勢の観光客が来ていたが、あんなツバの広い、黒い帽子をかぶっていたのは、愛香だけだった。

陽焼《ひや》けが嫌だからと、愛香はいっていたが、目立つことは、間違いないのだ。

それに、ツバが大きいから、顔がよく見えない。年齢も、背恰好も似た女性が、同じ服装をしていたら、人違いをしたとしても、おかしくはない。

しかも、場所が、同じかずら橋周辺である。

そう考えていくと、今日の事件は、人違いの可能性が強いと思えてくる。

嫌でも、怖い結論になってしまう。

(本当に狙われていたのは、愛香ではないのか)

という結論である。

しかし、翌朝、旅館の朝食で顔を合わせた時、神崎は、このことには触れなかった。

それでも、昨日までとは違った目で、愛香を見てしまう。

愛香の方は、変わらず、笑顔で、朝食を取り、神崎に話しかけてくる。かずら橋で起きた転落死のニュースは、まだ知らないらしい。

それに、今朝の彼女の服装は、あの広いツバの黒い帽子に、白いセーターではない。

「今日はまた、服を変えましたね。帽子も違う」

と、神崎が、いうと、愛香は、ニッコリして、

「私も女だから、この旅行の間、ファッションを楽しみたくて。神崎さんは、昨日の服がお好きなんですね」

と、いう。神崎はあわてて、

「いや、今日も素敵ですよ」

と、いったあと、

「素敵な服装は、どうやって決めているんですか?」

と、きいてみた。

「私ね、自分であれこれ考えるのが面倒なので、前から、『L』という雑誌を参考にしてるの。フランスの雑誌なんだけど、この雑誌を出してるフランスのアパレル会社が、日本にも進出して、簡単に、雑誌に載ったドレスなんかが手に入るの。神崎さんも、彼女にすすめるといいわ。その今月号が、三十代の旅行着特集で、それに従って用意してきた服や帽子なの」

と、愛香は、丁寧に教えてくれた。

「よく売れてる雑誌なんですか？」

「とっても人気のある雑誌ね」

それなら、同じ服装の女性が、かずら橋に来ていても、おかしくはないか。

だが、気になることに、変わりはなかった。

4

四日目、神崎は、愛香と、予定通りに、旅行を続けることにした。

スケジュールを変えて、ハワイにいる緒方社長に心配をかけるのも嫌だったし、何よりも、愛香の態度が、全く変わらなかったからである。

かずら橋のニュースを知ってはいるが、朗らかなのか、実際知らないのかは、わからない。

スケジュールに従えば、四日目の今日は、清流四万十川で遊んでから、予讃線《よさんせん》を使って松山まで。この日は道後温泉泊になっている。

予讃線は、途中で、海側（愛ある伊予灘《いよなだ》線）と山側（内子《うちこ》線）に分かれるが、瀬戸内海の海辺を走る海側のルートに決めていた。

朝食のあと、四万十川に行く方法を相談した。

五月十三日に、高知を発って、四万十川に行くことは、緒方社長に知らせてあるが、そのルートについては、現地で選ぶということにしてあった。

「タクシーを半日契約して、ここから四万十川まで行って、予讃線に乗る方法もあります。この方法だと、時間は、かなり自由です。ただ、予讃線で乗る列車は、決まってきます」

神崎は、地図を見ながら説明する。

「タクシーを使わずに、列車で、四万十川に行く方法は？」

と、愛香が、きく。

「高知からJR土讃線で窪川《くぼかわ》まで行き、そこから第三セクター鉄道の土佐くろしお鉄道に乗り換えて中村まで行けばそこが四万十川の入り口です」

「それなら、ぜひ、土佐くろしお鉄道に乗りたい」

と、愛香がいい、二人は、旅館を出て、高知駅に向かうことになった。

高知の先も、JR土讃線だが、下りの特急は本数が少なくなる。

当然、高知発の時刻も遅くなる。

直近の列車は、普通で、午前十一時八分発だが、途中の須崎《すさき》止まりである。

従って、次の特急「あしずり三号」を利用することになるのだが、高知発が、十一時三十九分と遅いのである。

ただ、この列車のいいところは、土讃線終点の窪川に着いたあと、そのまま土佐くろしお鉄道に乗り入れて、中村まで直通で行けることだった。

二人は、「あしずり三号」に乗車。土曜日なので、車内は、かなり混んでいた。家族連れが多く、子供の声がひびくのは、この列車が、「アンパンマン列車」になっているせいか。

窪川着十二時四十七分。ここから、土佐くろしお鉄道に入るので、車掌が、交代する。制服も違う。土佐くろしお鉄道の車掌は、若い女性だった。

乗客たちが、しきりに彼女にカメラやスマホを向ける。彼女が苦笑しているのは、毎回のことだからだろう。

中村着十三時二十四分。

ここでタクシーに乗り、四万十川めぐりが始まる。

四万十川は、日本一の清流といわれるが、日本という国は、北海道を除いて、ほとんど同じような地形である。山裾が海まで迫り、川は急流である。山国なので、湧き水が多い。従って、清流が多い。

四万十川と同じ、いやそれ以上の清流も多く存在するのだが、何故か、日本一の清流というと、四万十川になってしまう。

まず、その四万十川の沈下橋《ちんかばし》を見に行く。水量が少なかったせいか、水面までが下方に見えて、この橋が水面下に沈む光景は、なかなか、考えにくい。それに、橋幅の狭さに驚いた。タクシーで渡ったのだが、すれ違いは無理だなと思った。

もう一つ。神崎は、沈下橋は、よく写真で紹介される橋一つだけだと思い込んでいたのだが、いくつもあることも意外だった。

集落ごとに、沈下橋を作っていたらしい。そのため、一つ一つの橋に名前がついていることを、初めて知った。

佐田沈下橋、勝間沈下橋といった具合にである。

一番長く、中村駅に一番近く、一番観光客が来るのが、佐田沈下橋で、全長二百九十一・六メートルである。

回り疲れて、二人は、川魚を出す店で、一休みすることにした。四万十川に面したテラス席があり、川を眺めながら、川魚料理が、食べられる。

店の人がふと、

「最近は、酔っ払って、騒ぐ人もいて困ります」

と、愚痴を口にした。

「三日前も、沈下橋の途中で、すれ違った時、喧嘩になりましてね。一人が、川に突き落とされて、大騒ぎになりました。何とか助かりましたが、水量が多くて、流れが速い時だったら、危なかったんですよ」

その話で、神崎は、否応《いやおう》なしにかずら橋の転落事故を思い出した。

「あなたも、大事な身体《からだ》なんだから、ボディガードをつけた方がいいんじゃありませんか」

と、愛香にいうと、

「ボディガードは、もういるの。日本で一番強いボディガードが」

と、彼女は、リュックから、例のロボットを取り出して、テーブルの上に置いた。

「社長から、どんな男より信頼が置けるから、五日間の旅行の間、身近に置いておきなさいと、渡されたんですよ」

神崎は、先日、科学雑誌記者から見せられたロボットを愛香が持っているのに驚いて言った。

「たしか、オモチャとしては危険だと言ってたじゃないですか」

「大丈夫、改良を加えたそうだから」

と愛香は笑顔でいい、背中のボタンを押した。

とたんに、ロボットの目が青白く光った。

「このボタンを押すと、ガードの姿勢に入って、私への攻撃を防いでくれるのだと、社長は、教えてくれたの。ロボットの力は知っているので、安心しているの」

「でも、機械だから故障して、逆に、あなたを攻撃するなんてことはないんですか？」

「それは大丈夫。これも社長の説明だけど、このロボットを、二十四時間持っていると、持ち主を主人と考えて、絶対に反抗しないんですって。私は、もう二十四時間以上、傍に置いているから、絶対に大丈夫」

と、愛香は、いう。

神崎が、試しに「わっ！」と、声をあげてみると、とたんにロボットの目の輝きが強くなり、次の瞬間、顔全体に激しい衝撃を受けた。

顔がゆがむほどの衝撃である。

顔面の痛みに、神崎は、緒方社長の愛香への愛情の強さを感じた。

（新しいロボットは、社長が、愛香を守るために、作ったのではないか）

と、思ったほどである。

感心すると同時に、少しばかりばからしくもなった。それは、社長が、神崎の能力をあまり信用していないということにも、思えたからである。

四万十川周辺の景色を楽しんだことに満足して、二人は、タクシーで、宇和島に向かった。

宇和島からは、十六時二分発松山行きの特急「宇和海二十二号」に乗る。

しかし、途中の伊予大洲《おおず》駅で降りたのは、海岸線を走る「愛ある伊予灘線」に乗りたかったからである。

この海側ルートの方は、特別の観光列車が走っているが、時間のこともあるので、各駅停車の普通列車に乗ることにした。

「愛ある伊予灘ですか。今回の旅行は愛だらけですね」

と、神崎は、ほんの少し皮肉を込めていった。十七時七分伊予大洲発の列車に乗り込んだ。

十七時五十一分下灘《しもなだ》駅で降りる。

完全な無人駅だが、鉄道ファンの間では、有名な駅である。

ホームには、小さな屋根とベンチしかない。

だが、目の前に広がる伊予灘の眺めが素晴らしい。実際には、すぐ近くを道路が通っているのだが、ホームが高いために、それが、全く目に入らない。

そのため、下灘駅は、あの「青春18きっぷ」のポスターに、三度も採用されている。

二人は、ベンチに腰を下ろして、海を眺める。

伊予灘に陽《ひ》が沈んでいく。その景色が美しいといわれて、今日も、その時間を狙って、数人のマニアが海に向かって、カメラを構えていた。

間もなく、その光景が、始まるのだ。

愛香は、カメラを取り出した。

神崎は、ただ、じっと、海を見つめていた。

ありがたいことに、雲も少なく、赤く燃えながら、伊予灘に沈んでいく太陽を、はっきりと見ることができた。

一つのシーンが終わった印象だった。

5

また、普通列車に乗る。

次の普通列車、松山行きは十九時三十八分。一時間半以上あるが、夕景を楽しんだ後、松山に向かった。

松山着二十時二十三分。

タクシーで、道後温泉に向かい、予約しておいた旅館に入った。

道後温泉というと、明治時代に作られた道後温泉本館や、温泉めぐり、それに、「坊っちゃん列車」が有名だが、今回は、時間がないので、予約しておいた旅館に直行した。

昔の道後温泉というと、旅館やホテルが少なかったが、ここに来て、次々に新しいものが建っている。

今回、二人が予約して、チェックインした旅館も、最近、有名建築家がデザインした和と洋の二つの長所を取り入れた造りである。

緒方社長が去年、泊まって気に入ったとして、すすめてくれた旅館だった。

一風呂浴びてから、少し遅めの夕食を取る。

夕食前に愛香は、ハワイの緒方社長に、「定時連絡」をすませたと、神崎にいった。

「社長は、何といってました？」

神崎がきく。

「明日は、最終日だから、例の特急列車で、四国の初夏を十分楽しみなさいって」

「そうでしたね。その『四国まんなか千年ものがたり』は、一日一便で、多度津発十時十八分の大歩危行きだけです。だから、明朝は、あまり、ゆっくりできません」

「何時に、出発すればいいの？」

「松山発八時十分の特急『しおかぜ十号』に乗れば、多度津に十時九分に着くので、間に合います。四国は列車が少ないので、好都合なのはこの一本しかありません」

「じゃあ、朝食も早くなるんでしょう？」

「午前七時に、お願いしておきました」

と、神崎は、いった。

「今度の旅行で、朝早いのに慣れたから、大丈夫」

と、愛香は微笑する。

（緒方社長は、朝強いほうだったかな？）

神崎は、ふとそんなことを考えた。

愛香と、社長は、今回の旅行中、お互い連絡し合っている。

日本とハワイの間には、時差がある。

ハワイでは、朝早いこともあるだろう。緒方社長は、その場合でも、喜んで、電話に出ていたのだろうか？

夕食をすませて、自分の部屋に入ると、届いていた新聞に目をやった。

かずら橋で起きた転落事故のその後を知りたかったからである。


「死亡女性の身元判明」


の見出しが、目に飛び込んできた。

あわてて記事の方に目を移す。

「昨日、かずら橋で転落死していた女性は、東京都三鷹《みたか》市××レジデンス五〇二号室の高田亜木子《たかだあきこ》さん三十歳と判明した。高田さんは、事故前日にかずら橋近くの旅館S荘にチェックインし、事故当日の朝に、チェックアウトしていた。S荘のオーナーが、すぐ、警察に知らせなかったのは、死亡時の服装が、あまりにも違いすぎていて別人だと思ったからだという。到着した時は、帽子もかぶらず、ワンピースに、スニーカーだったので、普通の旅行者に見えた。出発する時、上下白色の目立つ恰好になったのだろうが、オーナーは、それは知らなかったといっている。

警察の発表によれば八万三千円が入った財布は、盗まれておらず、物盗《ものと》りにあったとは考えにくく、現在、東京都三鷹市での高田さんの身辺について調査している」

（高田亜木子か）

と、神崎は、呟《つぶや》いてから、急に、

「あれ？」

と、声を出していた。

高田亜木子なら、イニシャルはA・Tである。そして、高見沢愛香もA・Tなのだ。

（これは偶然の一致なのだろうか？）

ベッドに入ってからも、つい考えてしまうのだが、答えの出る筈もなく、そのうちに、眠ってしまった。

6

五月十四日、日曜日。

最後の日である。

緒方社長に頼まれた、いってみれば仕事の延長線上の感じで、高見沢愛香と旅行してきたのだが、さすがに、今日が最後の日となると、別の感慨がわいてくる。

早目の朝食をすませ、タクシーで、松山駅に向かう間、つい、愛香の顔色を窺《うかが》ってしまう。

しかし、彼女の顔には、これといった感情は浮かんでいなかった。

松山発八時十分岡山行きの特急「しおかぜ十号」に、悠々と間に合った。

もちろん、グリーン車である。

その車内でも、愛香は、ハワイに電話し、スケジュール通り特急「しおかぜ十号」に乗ったと告げている。

伊予北条《ほうじょう》――今治《いまばり》――壬生川《にゆうがわ》――伊予西条――新居浜《にいはま》――伊予三島――川之江《かわのえ》――観音寺《かんおんじ》――そして、十時九分に、多度津に到着した。

ここから、いよいよ、緒方社長推薦の観光列車「四国まんなか千年ものがたり」に乗るのである。

たった三両の編成だが、全てグリーン車である。

四国の中央部を南北に走る土讃線は、香川から徳島を経由して、高知県に至るが、その中の一部、多度津――大歩危間だけを走る列車である。総延長約二百キロの土讃線の途中六十五・五キロだけである。

この列車のコンセプトは、「おとなの遊山《ゆさん》」である。

「遊山」を辞書で引くと、
①山野に遊びに出ること。
②禅家で、すでに修行を終えた後、諸方に遊歴すること。
③遊びに出掛けること。気晴らしに外出すること。行楽。
④慰み。気晴らし。
むずかしい言葉が並んでいるが、神崎の頭に浮かんだのは「物見遊山」という言葉だった。

文化の爛熟《らんじゅく》した江戸時代、金と時間に余裕のあるお大尽が、ほろ酔い加減で、花をめでたり、女とたわむれたりする。

果たして、この観光列車は、そんな気分にさせてくれるというのか。

ホームに入っている列車は、外装に色鮮やかな塗装を施したディーゼル車両の三両連結である。

さほど期待もせずに、乗り込む。

そこで、「うむ」と唸《うな》る。

確かに、車内は、広々として、贅《ぜい》を尽くしていた。

シートは、さまざまな形が用意されている。ボックスシートもあれば車窓の景色を楽しむために窓向きのシートもある。

二人は、一号車の二人用シートに向かい合って、腰を下ろし、予約しておいた食事を頼む。「そらの郷紀行《さとと》」と名付けられた五千六百円の食事である。

善通寺、琴平と停まる。

この先は、終点の大歩危まで、坪尻の運転停車以外、二時間あまり停車しない。

しばらくして、

「他の車両を見てきます」

と、神崎が、腰を上げた。

「私は、ちょっと――」

と、愛香が、微笑する。

「わかりました。写真を撮ってきますよ」

と、神崎が、いった。愛香は、ハワイに電話するのだろうと、想像がついたからである。

二号車は、サロンカーの感じか。

日曜のせいで、満席といっても、全席指定だから、混んでいる感じはない。

最後尾の三号車に神崎が移ろうとした瞬間だった。

轟音《ごうおん》と共に、列車が、急停止したのだ。

激しい揺れに、神崎は、危うく転倒しそうになった。

悲鳴があがる。

神崎は、猛然と一号車に向かって走った。

だが、一号車からは、白煙が噴き出ていて、車内が見えない。

悲鳴や、呻《うめ》き声が聞こえるが、一号車の中がどうなっているのか、充満する白煙のため、全く判断がつかない。

「高見沢さーん」

「愛香さーん」

と、神崎が、大声で呼んだ。

それに応《こた》えるように、白煙の中から這《は》い出してきたのは、二十五、六歳の男だった。

二号車に逃れ出てくると、大きく咳《せ》き込んでいる。

続いて、若い女が、這い出してきた。が、愛香ではなかった。

三人目、四人目と白煙の中から、乗客が逃げ出してくるが、なかなか、愛香の顔が見えない。

神崎は、何度も高見沢愛香の名を呼んだ。

神崎が一号車に向かって走り出そうとしたその時、やっと、愛香が、二号車に、逃げてきた。

額の辺りに血がにじんでいる。

抱き起こすようにして、

「大丈夫ですか?」

と、きいた。

「何が何だか、わからなくて——」

と、愛香がかすれた声で、いう。

ようやく救急車のサイレンが聞こえてきた。

7

倒れた乗客を次々と、救急車が病院に運んでいく。

救急車の数も、救急病院も少ないので、神崎の同乗は許されず、現場に残された。おかげで、神崎は、白煙が次第に消えていく中で、事故の現場に直面することになった。

白煙が消えていくにつれて、現れてきた事故現場は、異様なものだった。

一号車の窓ガラスが、割れているところと、ひびも入っていない部分があるのだ。座席も同じだった。引き裂かれ、潰されたシートがある一方、無傷のシートもある。

よく見れば、猛烈な力が、放射状に、一瞬のうちに走ったようなのだ。しかも、それには隙間《すきま》があって、その隙間に位置していたシートや、窓ガラスは、全く傷ついていなかった。

その放射線の発射口は、反対側の窓際のシートの辺りだった。

（私と愛香が座っていたシートの辺りではないか）

と、思った時、一号車の車内を調べていた地元の警察官と消防隊が急に、ざわめき出した。

人々が、集まってくる。

神崎は、彼らの肩越しにのぞき込んだ。

ひしゃげた座席の下に、男が、俯《うつぶ》せに倒れているのが見えた。

救急隊員が屈《かが》んでのぞき込み、倒れて動かない男の脈を診《み》ているが、その様子から、すでに死んでいるらしい。

ひん曲がり、男を押し潰している座席を、警官と救急隊員が引きはがしていく。

死んだ男の身体全体が、むき出しになった。

警官が俯せの身体を仰向《あおむ》けに引っくり返した。

三十代くらいの男の顔が、はっきり見えた。

神崎の知らない顔だった。

後続のパトカーが、到着した。

徳島県警の刑事たちだった。

彼らによって、乗客たちは、一号車から、追い出され、その車両は立ち入り禁止のロープで、囲われてしまった。

神崎は、スマホで、ハワイの緒方社長に連絡を取った。

「『四国まんなか千年ものがたり』に乗っていたんですが、琴平を出て終点の大歩危に向かって走行中に、突然、爆発にあい、急停車しました」

「それで、彼女は無事なのか？」

「傷を負いましたが、幸いにも軽傷のようで、現在、近くの病院に運ばれています」

「そりゃあ良かった。彼女を頼むよ」

「これから、病院に行きます」

「何かわかったら、すぐ電話してくれ。何時でも構わん」

と、緒方がいった。

第三章

爆発の謎

1

現場は、徳島県三好市《みよし》である。三好市というと四国の市町村では面積が一番広い。二〇〇六年に四つの町と二つの村が合併して生まれていて、南は、大歩危、小歩危、祖谷渓という剣山《つるぎさん》国定公園である。市内とはいえ、なかなかタクシーがつかまらず、神崎は三十分近くかかって、やっと病院に向かった。

現場付近には適切な病院がなく、愛香が運ばれたのは、阿波池田駅近くの病院で、そこまで、四十分近くかかった。愛香の他にも、何人か運ばれていた。

入院した愛香に会うと、彼女は左手にぐるぐる包帯を巻いていた。

「大丈夫ですか？」

と、声を掛けると、

「参ったわ。あんなことが起きるなんて考えもしていなかった」

愛香が怒ったような口調でいう。

(気の強さは変わっていないな)

と神崎は、思いながら、

「一体何があったんですか？」

「私にもわからないけど、突然爆発があったの。ひょっとすると、あの一号車の中に誰かが爆弾でも仕掛けたんじゃないかしら」

「しかし、観光列車ですよ。誰が何の為にそんなことをするんですか」

「それはわからないけど。死んだ人、どういう人だった？」

と、愛香がきく。

「名前は、川口武《かわぐちたけし》。東京の人だそうですよ」

と、神崎は、手帳を見ながら答えた。

「知らない人だわ」

「私も知りません」

「その人が、何か、爆発物を持ち込んだのかしら？」

「それはわかりません。今のところ、警察も一号車の車内で爆発があったことを認めていますが、それがテロ行為なのかどうかわからなくて困惑しているようです」

神崎は自分の考えをいった。その後、

「緒方社長に、電話をしましたよ。爆発のことを知らせたら、凄《すご》く心配していました。あなたが大丈夫かどうか知りたいといっていましたから、私から連絡しましょうか」

「いいえ、私から連絡する」

と、愛香はいった。

「左手、大丈夫ですか？」

「突然、爆発があったので、慌てて手を上げて防いだら火傷《やけど》をしちゃって。でも、大したことはないみたい」

手当てをした医者にきくと、彼女がいった通り、それほど大きな火傷ではないので、手当てを受けて、二日ぐらいで退院してもよいということだった。

とにかく、彼女を置いて、東京へ戻るわけにもいかないので、阿波池田駅近くの旅館に泊まることにした。

その日の夕刊が地元新聞、全国紙の双方とも、今回の観光列車の爆発を大きく取り上げた。列車が終点の大歩危駅に近付いた時、突然、一号車で爆発が起き、乗客の一人が死亡。五人が負傷して、阿波池田駅近くの病院に搬送されたと書いている。その中に、高見沢愛香の名前も入っていた。

ＪＲ四国は、全く予期しなかった事件で、もし、これがテロならば、「四国まんなか千年ものがたり」が何故狙われたのかはわからないと発表した。

警察も今のところ捜査中と、それだけしか発表していない。新聞記者の方は、観光列車に乗っていた乗客を調べて、片っ端から談話を取っていた。

阿波池田の旅館に泊まった神崎も、四国新報の記者に捕まって、色々と質問されたが、彼だって、何が起きたのか、はっきりわかっていないのだ。

「一号車に乗っていたんですが、他の車両も見ようと座席を離れて、二号車から三号車へ移ろうとした時に、突然一号車で爆発が起きて、列車が止まってしまったんですよ。同行した会社の秘書の女性が、左手に火傷を負って、現在入院しています」

と、話すと、

「その秘書の方が狙われたということは、ありませんか？」

と、記者が突っ込んできた。もちろん、神崎は、首を横に振った。

一号車で唯一死亡した乗客についても、簡単な経歴が新聞に載った。

川口武、三十八歳。R商事に勤めるサラリーマンで、輸出入部営業一課主任。独身で旅行好きだった。今回、「四国まんなか千年ものがたり」に乗ったのも、土日の休みを利用し、切符を買っておいて乗車しただけでそれ以外のことは考えられないと、上司や同僚も話していると、新聞には書かれていた。

この事件は、現場が大歩危の手前ということもあり、徳島県警捜査一課が担当した。そして、事実関係を調べているのが小塚《こづか》警部をリーダーとする小塚班だった。

いろいろ調べてくると、「四国まんなか千年ものがたり」を狙った爆破事件としか思えない。しかし、JR四国には、全く脅迫電話や爆破予告はなかったという。

一番怪しいのは、たった一人死亡した乗客の川口武、三十八歳なのだが、この男性を調べても、事件の匂いはしてこなかった。小塚警部は一号車他、列車の乗客全員、合計五十七人にあたったが、事件の謎に近付けるような証言は得られなかった。

翌日に開かれた捜査会議でも、

「疑問は残りますが、観光列車が狙われた証拠は全く見つかりません」

小塚警部が報告した。

「とすると、どういったことが考えられるのかね？」

捜査本部長がきく。

「乗客の誰かを狙ったということになります」

「とすれば、死んだ川口武という乗客が狙われたことになるんじゃないのか？」

「そうなんですが、この乗客について、東京からの報告では、平凡なサラリーマンで旅行好き。独身。何か問題を起こしたこともありませんし、大きな借金等があるという報告もありません。今のところ、そのこと以外はわかっていないのです」

と、小塚警部は報告したが、それ以上の情報はなかった。

2

事件から二日後の、五月十六日の朝。

緒方精密電機の社長、緒方秀樹がハワイ出張から帰国して、すぐに四国に回ったのを神崎が出迎えて、秘書の高見沢愛香が入院している阿波池田の病院へ案内した。

神崎が遠慮すると、社長の緒方は、

「君にも、事件当時のことを話してもらいたいんだ」

と引き留めてから、

「高見沢くんが軽傷ですんだのは、ひょっとすると、我が社で作ったロボットのおかげかもしれないぞ」

と、言い出した。神崎はロボットのことをすっかり忘れていた。

「どうなんですか？」

と、左手に包帯を巻いたままの愛香にきくと、

「ひょっとすると、そうかもしれません」

「あのロボットはね、優れた攻撃力と、それに倍するような防御力も持っているんだ。ロボットの持ち主が事件に巻き込まれた場合には、全力で主人を守るように設計されていてね。もし高見沢くんの近くで爆発が起きたなら、一瞬にしてロボットは微細な煙幕というか、一種の空気の壁を作って主人を守り、自分自身は霧散してしまう。消えてしまうんだ。きっとその為に高見沢くんは軽傷ですんだんだよ」

と、緒方は、大きな声でいった。

「私もそんな気がする」

と、愛香もいう。

「だって、あの死んだ人、私の近くで爆死したんでしょ？　それなのに私は左手の軽い火傷だけですんだ。あの爆発の風圧を受けたのに、平気だった」

「こんな時に、仕事のことをいっちゃ悪いが」

と、緒方がいった。

「あのロボットは、このＡＩ時代の最先端を行っているんじゃないか。その性能が証明されたようなものだ。嬉しいよ。ただし、性能は秘密なので、あからさまに発表することができないのが残念だね」

3

徳島県警の小塚警部が、聞き込みから捜査本部に帰ると、捜査本部長に呼ばれた。そして、

「こちらにいるのが、警視庁捜査一課の十津川《とつがわ》警部。死亡した川口武が東京の人間ということで、警視庁との合同捜査になった。だから、こちらの十津川警部と色々と打ち合わせをしてくれ」

と、いわれ紹介されたのが、年齢が自分と同じ四十歳の十津川警部である。

二人だけになると、小塚は、遠慮なく、

「合同捜査なんて大袈裟《おおげさ》なことは、必要ないと思いますがね。事件は、こちらで起

きたんだし、確かに被害者は東京の人間ですが、今回の爆破事件とは無関係な被害者、という感じですから」

といった。十津川警部は、それには反発するどころか、

「私もそう思いますよ」

と、微笑した。

「それなのに、どうして合同捜査なんですかねぇ」

「その件について、一人紹介したい人間がいるんです。表立って紹介できないので、今、私が泊まっている駅近くのホテルに来ていただけませんか?」

と、妙なことをいう。

小塚は首をかしげながらも、十津川に案内されて、阿波池田駅近くのホテルに向かった。ホテルのロビーで紹介されたのは、渡辺《わたなべ》という公安調査庁の事務官だった。

「渡辺事務官です」

紹介してから十津川は続けて、

「実は私と同じ大学の同窓生です。それで、私事ですが、今度の事件について公安調査庁が関心を持っているんです。その点について渡辺君が説明します」

渡辺事務官は、小塚に向かって、こう話した。

「最初、四国の観光列車で爆発事件が起きたと聞いた時には、それほど関心はあり

ませんでした。観光列車に乗れなかった鉄道マニアか誰かが、出来心で爆弾を仕掛けたのではないか、その位にしか考えなかったのです。しかし、問題の爆発事件の詳細がわかってくるにつれて、疑問を持つようになりました。乗客の一人が死んでいる。その人間が自ら爆弾を抱いて車内で自殺したのではないか。そう考えたのです。しかし、即死に近いにもかかわらず、司法解剖の結果、爆発物の破片と思われる物が体には突き刺さっていなかった。車内にも見つからなかったというのが、第一の不思議でした。そして、第二は一人の人間が死ぬほどの大きな爆発だったにもかかわらず、他に死者が出ていない。そのうえ、死者の近くにいたという女性客も、左手に軽い火傷を負っただけで、重傷ではなかった。

一人の人間が死に、車内に放射状の爆風の跡がついている。列車も止まってしまった。なのに『爆発物の破片が全く見つからない』ことに、我々は疑問を持ったのです」

「それは、どういう疑問ですか」

小塚がきいた。

「さまざまな爆弾があります。ダイナマイトからプラスチック爆弾まで。しかし、破片は残ります。爆発の跡も残るんですが、それなのに今回は破片も出ない。爆発の跡もあるにはあるが、一名の死者の他には重傷者は出ていない。そうすると、その爆発はどういう規模だったのか。たった一人だけ死んでしまい、その遺体にも爆発物の破片などは突き刺さっていなかった。これは一体、どういう爆発物なのか、それを調べる必要が出て、私がこちらに派遣されたのです。ただ、公安調査庁がこの事件を調べているということは、内密にしたいのです。我々が調べているとわかれば、四国の列車あるいは乗客の間にパニックが生まれる恐れがありますから。それで、警視庁の十津川君に合同捜査という名目で、この事件を捜査することにしたい、そして私は、十津川警部の部下ということにしてもらいたいと頼みました。一番、公安調査庁として恐れているのは、テロ組織が全く新しい爆弾を作り上げ、それを使ったのではないかということです。そうなれば今後の捜査が難しくなりますし、オリンピックの警備も考え直さなければなりませんから。是非、公安調査庁が乗り出したことは内密にし、形としては警視庁との合同捜査としていただきたいのです。そして私を、警視庁の刑事として参加させていただきたい。お願いします」

渡辺事務官が県警の小塚警部に頭を下げた。

三人はその後、阿波池田駅に回送されている問題の観光列車「四国まんなか千年ものがたり」の一号車を、調べに向かった。

阿波池田駅の待避線に、車両は停車させられていた。先に、車両を調べていた小塚警部が、その時の様子を十津川と渡辺事務官に説明した。

「乗客と乗務員は一様に、物凄い爆発で白煙が一号車車内に充満した、そう、証言しているんです。しかし驚いたことに、車両は別に故障箇所もなく、この阿波池田駅までディーゼルエンジンで移動することができたのです。さらに不思議なことには、一人の乗客が死んでいるんですが、大半の窓ガラスは割れていません。専門家にも調べてもらったんですが、どうにもその理由がよくわからないというのです。川口武の死因は、猛烈な爆風によって心臓が圧迫されて破裂したものだと解剖結果が出ました。それにもかかわらず、車内の窓は今、申し上げたような状態です」

「本当に理由はわからないのですか？」

渡辺事務官がきいた。

「今のところ、専門家も首を捻っています。ただ、猛烈な爆風が生まれ、その圧力が亡くなった乗客を直撃した。しかし、爆風そのものは拡散しなかった。まるで、爆風という弾丸が被害者に命中したかのようだが、その弾丸は他の場所に被害を与えていない。せいぜい乗客の数人が、軽い火傷を負ったくらいのものだった。もちろん、第一の疑問は、さっき渡辺さんが仰った、爆弾が破裂したと思われるのに、破片が一つも見つからないことです。しかも、破片だけではなくて、その爆弾の芯になった部分も確認できないんです。つまり、爆弾は破裂したが、その痕跡《こんせき》は全くない。破片も、爆弾の芯も消えてしまった。そういうことです」

と、小塚が説明した。

「亡くなった乗客の所持品は、残っているんですか？」

「捜査本部にあります。この後、そちらに案内します」

小塚がいった。

遺体はまだ、司法解剖した病院に残っていた。が、被害者、川口武の着ていた服や腕時計、リュックサックなどは捜査本部の三好警察署に保管されていた。三人はそれを調べた。上着を手に取った十津川は、

「興味深いですね。ちょうど、左胸の心臓の辺りがちょっと焦げてます。しかし、猛烈な爆風を受けたと思われるのに、裂けてはいないし、ボタンも飛んでいませんね。それに、こちらの時計は十二時三十四分で止まっています。さすがにケースのガラスは割れて、その為に針が止まってしまったんでしょうが、この十二時三十四分に爆発があったと考えて構いませんか？」

と、きいた。

「爆発があった時間は、この証拠品から五月十四日の十二時三十四分で間違いない、と考えています」

「少し、困りました」

渡辺事務官がいうので、

「何に困っているんですか？」

小塚がきいた。

「これはテロ事件ではないか、つまり時限爆弾をどこかに仕掛け、その時刻に爆発させたと考えていたんです。しかし、そうであれば十二時三十四分などという、半端な時刻にはセットしないでしょう。問題の列車は多度津発が十時十八分。終点の大歩危着が十二時四十八分です。それならば、例えば十時半とか十一時とか、十二時ジャスト、そうした時刻にセットするのではありませんか。十二時三十四分。確かに『1234』となりますが、しかし、そんな半端にはセットしないものなんですよ」

と、渡辺はいうのだ。

「しかし、これが爆弾テロなら、どの時刻にセットしても構わないんじゃないかな。また、十二時三十分にセットしたのに、実際の爆発は四分遅れてしまった。そういうことだって考えられるんじゃないのか」

大学の同窓ということで、気楽な口調で、十津川は渡辺にいった。

「確かに、その可能性は高い。少しばかり、テロだとしたらおかしいんじゃないかな、そんな気がしただけだよ」

渡辺はいった。

「県警では、この日の乗客全員の名前と住所は押さえているんでしょう?」

十津川が小塚にきいた。

「もちろん、全員のリストは作ってあります」

小塚はいい、乗客名簿をプリントして、十津川たちに渡した。

「やはり観光列車らしく、四国の人はほとんどいませんね」

と、渡辺事務官がいった。

「そうですよ。面白い観光列車ですが、地元の人間にとって大歩危、小歩危あるいは琴平などは身近すぎて、面白いと思ってもわざわざは乗りません。ですから、東京を始めとする日本全国の観光客が揃《そろ》っています」

と、小塚が答えた。

「乗客の職業も知りたいですね」

渡辺が言った。小塚は肯《うなず》いて、

「テロの可能性も含めて、これから調べて、お二人に、報告します」

と、約束した。

4

緒方社長は、特別に許可を得て退院した秘書の高見沢愛香を連れて、東京へ戻ってしまった。神崎の方は、四国に残ることにした。

事件への関心ばかりではなくて、緒方社長が事件の詳細を調べてレポートにして提出してくれといって、帰ったからである。

徳島県警は、殺人事件として捜査をしている。しかし、新聞記者でもない神崎が刑事を捕まえて、今回の事件についてきくわけにもいかないので、地元の新聞社に話を聞きに行くことにした。

四国新報の本社は、徳島にある。

事件が起きた三好市の阿波池田に支局を設け、そこにデスクと若い新聞記者三人を集めて、今回の事件を、調べさせていた。神崎は、阿波池田支局に行って、デスクに会うことにした。普通なら、詳しい話を教えてはもらえないのだろうが、神崎自身も、問題の観光列車に乗っていて、一緒に乗った高見沢愛香が火傷をして入院したということを知ると、デスクは、簡単に会ってくれた。

「私も事件の列車に乗っていたあなたに、取材をしますが、受けてくださいよ」

抜け目なく、交換条件を持ち出してきた。

神崎は、

「構いませんよ」

と、いってから、

「四国新報さんは、『今回の事件の二つの疑問』という記事を、載せていますよね。それについてききたいんですが、第一は、爆弾が爆発したのに、その破片が見つからない。もう一つは、死者が一人しか出ていなくて、ほとんどのガラスも割れていないと書いていますが、その答えは出たんですか？」

と、きいた。

「答えは出ていませんし、警察も、わからなくて、困惑していますね。だから、これが、テロだとすれば、新型爆弾を使ったテロだろうと、いっています」

「新型爆弾を使ったテロですか」

「あなたは、会社社長の女性秘書と、一緒に旅行中でしたね？」

今度は、デスクが、質問する。

「そうですが、簡単にいえば、社長に頼まれての、秘書のお守《も》りですよ」

と、神崎は、笑った。

「緒方精密電機でしたね？」

「そうです」

「社長は、ハワイに行っていたと聞きましたが」

「ハワイで開かれた同業者の会合に出席していました」

「社長と秘書の高見沢愛香は、いわゆる恋仲ということですか？」

「多分。私はそんな気がします」

「それで、心配なので、あなたに、彼女の同行を頼んだ？」

「私は、社長の大学の後輩なので、頼みやすかったのかもしれません」

「その高見沢愛香さんは、今回の爆発で、左手に火傷をしていますね？」

「軽い火傷ですが」

「それに、死んだ乗客の近くにいた？」

「場所的には、そう考えられます」

「ひょっとして、今回の爆発で、本当に狙われたのは、東京のサラリーマンではなくて、高見沢愛香さんということは、考えられませんか？」

デスクは、じっと、神崎を見て、そうきいてきた。

5

神崎は、その後、警視庁から捜査に加わったという十津川警部からも聴取された。

何故、四国の事件なのに東京の警視庁警部なのか、神崎は、その疑問を十津川にぶつけたが、十津川はその問いには答えず、四国新報デスクと同様、「狙われたのは高見沢愛香ではないか」と逆に疑問を投げかけられてしまった。

神崎は、突然、足をすくわれた気がして、驚いて、十津川の顔を見直した。

だが、十津川は、おだやかな表情のまま、

「高見沢愛香さんは、亡くなった乗客の近くにいたわけだし、それに左手に火傷をしていて、犯人は彼女を狙って爆弾を破裂させたのかもしれませんから」

と、いう。

「しかし、今回の事件の問題点は、特殊爆弾が使われたのではないか、今までの爆弾とは比べようもない威力があるが、痕跡の残らない恐るべき爆弾だと、その方向で捜査を進めていたんじゃないんですか？」

神崎は、不満をぶつけた。

十津川は、それに逆らわずに、

「その通りです」

と、肯いてから、

「これはあなたにだけ話します。絶対に口外しないでくださいね。その問題は、公安調査庁の渡辺事務官に委《まか》せます。私には、難しい化学知識はありませんから、いつもの殺人事件と同じように、容疑者は、誰か、被害者に対して持つ殺人の動機は何かを地道に捜査するつもりなので、神崎さんもぜひ、協力してください。部長からはとにかく、地道に、容疑者を見つけてこいと、命令されています」

「どう協力すればいいいんですか？」

「亡くなった川口武さんは、旅行好きのサラリーマンで、独身。今のところ、女性や、借金の問題は出ていません。従って、爆弾犯人は、彼とは別の人間を狙ったのに、たまたま、川口武さんが死んでしまったのではないかと、考えているのです」

「ちょっと、待ってください」

と、神崎は、あわてて、相手を遮《さえぎ》った。

「本当に狙われたのは、高見沢愛香さんだというんじゃないでしょうね？」

「私は、彼女が、狙われたのではないかと思っています」

「理由がありませんよ」

「どうしてです？」

「誰にも恨まれていないし、会社では、誰からも好かれていますよ。それに、来年中には、うちの社長と結婚すると、私は思っています。幸福そのものの彼女が、命を狙われる筈がありませんよ」

神崎が、主張すると、十津川は、急に目を細くして、

「刑事の私の経験からいうと、不幸な人より幸福な人のほうが、殺される確率が、大きいんですがね」

と、いった。

「どうしてです？」

「よくいうじゃありませんか、他人《ひと》の不幸は自分の幸福と。現在不幸な人を、より不幸にしようとは、思わないものです。少しも楽しくありませんからね。その点幸

福の絶頂にある人間を、不幸のどん底に突き落とすことほど楽しいことはありません」

「刑事さんは、いつも、人間を、そんなふうに見ているんですか？」

「いや、殺人事件の捜査の時だけです。殺人事件が発生した時、私の経験によれば、被害者は、幸福の絶頂にあって、犯人は、もっとも残忍になっていることが多いのです。今回の事件で、まだ犯人は不明ですが、高見沢愛香さんは、幸福の絶頂にあった。つまり、被害者の条件に一致しているのです」

十津川は、淡々と、持論を展開する。いや、楽しそうでもある。

「しかし、誰が彼女を殺すんですか？　まさか私を疑っているんじゃないですよね？」

と、神崎は、挑むように、十津川を睨《にら》んだ。いささか、目の前の刑事の言葉に、腹が立っていたのだ。

「あなたは、犯人の筈がない」

十津川が、初めて、微笑した。

神崎は、苦笑した。

「構いませんよ。私は、会社では、いまだに課長補佐で、給料も安い。それに比べて、彼女は社長秘書で、美人で、私より給料も高い。社長と結婚すれば副社長になるだろうから、そうなれば、私は彼女に、こき使われる。十津川さんの方程式によれば、彼女が幸福の絶頂で、私は不幸のどん底にある。とすれば私が彼女を殺そうとしたことになるんじゃありませんか？」

「あなたは、犯人になり得ません」

「何故ですか？　条件は揃っているじゃありませんか。私はね、腹の中では、女に使われるのが大嫌いなんです。だから、時々、彼女を殺してやりたいと思うことがあるんですよ」

神崎は半分冗談、半分本気で、いった。

十津川は、また、微笑した。

「あなたは、頭がいい。だからアリバイの成立しない時に、殺人を犯したりは、絶対にしない人です」

「じゃあ、彼女が、命を狙われる筈もありませんよ。私たちが乗っていた『四国まんなか千年ものがたり』号は、たった三両編成で、全席指定、それに、乗客は全部で五十七人しか乗っていませんでした。どの顔も、私や高見沢愛香には見知らぬ人間でした。つまり、動機のない人たちばかりなんです。私が犯人でないなら、彼女を殺す理由のある乗客は一人も乗っていないんですよ」

どうだという顔で、神崎は、いった。

しかし、十津川は、別に腹を立てる様子もなくて、

「だから、この列車で殺人が起きたのですよ」

と、いう。

「何故ですか？　殺人の動機を持つ人間は、一人も乗っていなかったんですよ。それでも、本当に狙われたのは高見沢愛香だというんですか？」

「いいですか。あなたもいうように、現場は、三両連結の狭い列車の中で、乗客も少なく、しかも全て指定席、そんな中で、被害者の知り合いが、果たして、殺人を犯しますか？　そんなことをしたら、たちまち逮捕されてしまいますよ。あなたが、高見沢愛香を殺す筈がないのと同じことです」

「しかし、おかしいじゃありませんか」

と、神崎は、反論した。

「おかしいですか？」

「おかしいですよ。あなたは、私が彼女を知っているから、犯人の筈がないといった。次に、それでも、狙われたのは彼女だという。そうすると、全く彼女のことを知らない人間、乗客が、彼女を殺そうとしたことになりますよ」

「別に、おかしくはありません。三両編成の限定された狭い空間、限られた乗客、全て指定席となると、そんな状況で、顔見知りの人間を殺すのは、自殺行為ですからね。そんな馬鹿なことは、誰もしません。従って、高見沢愛香さんが狙われたとすれば、犯人は、乗客の一人で、彼女のことを、全く知らない人間です」

「知らない人間が、どうして人を殺すんですか？」

「極めて平凡で、古くからある理由ですよ。人に頼まれたか、金に釣られたかのどちらかです」

「少しばかりバカバカしくなってきましたね」

「バカバカしくても、これが真実です」

と、十津川は、いった。

「怪我をした高見沢さんやほかの負傷者を除いて、乗客の皆さんには、あと二日間、四十八時間、ここに留《とど》まっていただくことになったので、その間に、神崎さんに、何か心当たりがあれば、正直に、それを話してください」

6

神崎は、警察が用意したホテルに入った。

あてがわれたのは、個室だった。

外部との連絡は禁止された。

神崎は、時間を持て余した。

ホテルの外に出られないので、自然に、部屋に閉じ籠もることになる。

動けないと、どうしても、人間は、考える。

（多分、それが警察の狙いだろう）

と、神崎は思った。

だが、考えることを、止めることはできない。

事件を思い出す。

死んだ乗客の顔を思い出す。

高見沢愛香は、今頃どうしているだろう。

そして、最後は、十津川という警部の顔と言葉が浮かんでくる。

（いまいましい）

と、思い、

（バカバカしい）

と、思う。

（本当に狙われたのは、高見沢愛香だといった。彼女のことを、何も知らないくせにだ）

あっさり、否定したのだが、否定しきれないのは祖谷渓の一件を思い出したからだった。

転落死したのは、高見沢愛香と背恰好が似ていて、そっくりの服装の女だった。

あの時、神崎は、

（ひょっとすると、彼女は、高見沢愛香に間違えられて殺されたのではないか？）

と、一瞬、考えたのだ。

その想像は、すぐ、否定したのだが、ホテルに閉じ籠められていると、何故か、この想像が、蘇《よみがえ》ってくる。

それに、何故か、十津川の言葉が、かぶさってくる。

追い払っても、追い払っても、駄目なのだ。

何故、同じことを思い出し、十津川の言葉を追い払えないのか、じっと考えているうちに神崎は、いつか、恐ろしい結論に辿《たど》り着いた。

今回の高見沢愛香との四国旅行の間、一瞬だが、彼女を殺したいと思ったことがある。それを思い出したのだ。

何故、一瞬とはいえ、あんな恐ろしい想像をしたのか。

美しい女を自由にできる社長への嫉妬《しっと》なのか。

美しい獲物を目の前にしたオスの欲望か。

神崎に、自分の知らないサド的性格があるのか。

いずれにしろ、彼女を殺したいと思った一瞬があったのだ。

他の乗客の中にも、同じ一瞬の欲望を感じた人間がいたのではないか。

だとすれば、彼女を知らない人間が、彼女を殺そうとすることも考えられるのだ。

神崎の顔に微笑が浮かんだ。

十津川は、偉そうに「犯人は、頼まれたか、金に釣られたかですよ」と、いった。

だが、一瞬の欲望のせいでも、人間は、人を殺せるのではないか。

神崎は、四十八時間後に、十津川に、自説をぶつけた。

「私はね。一瞬だが、高見沢愛香を殺したいと思ってたんですよ。人に頼まれたからでも、金を貰《もら》ったからでもない。ただ、彼女が美しいからです。それだけでも、殺せるんですすよ」

「しかし、不可能ですよ」

と、十津川は、あっさり否定した。

神崎は、むかついた。

「不可能じゃありません。今の時代、殺したいから、殺す人間だっているんですよ」

「あなたのいう殺人は、空想の中の殺人です。空想の中では、勝手に想像力を広げられるので、どんなことでもできると錯覚してしまうのですよ。その上、あなたのように、頭が良くて、何もかもわかっている人ほど、妙に悪ぶるんですよ」

と、十津川は、笑い、こう続けた。

「二年前に、有名な作家を、傷害で逮捕したことがあります。ハードボイルドの作家で、彼が創作した主人公は、冷酷に、知的に敵を殺すことで、若者に人気があります。プロの私でさえ感心するほど、小説の中で、さまざまな殺し方を披露してくれているのですが、ある時、この作家は、ファンの集まりに呼ばれて、主人公と同じ服装で出席しました。自慢は、三つ揃いの背広と、白鷺《しらさぎ》の模様のネクタイで、作品の中で、主人公は、バッタバッタと敵を薙《な》ぎ倒していくのですが、服装には全く乱れがない。倒れていく悪人たちの目には、主人公のネクタイの白鷺が舞い踊るように見えたというのが、作品のウリなのですが、この日のパーティで、作家は、酔いが回っていくうちに、少しずつ作家と主人公の境が、消えていったというのです。ファンと、喧嘩になり、作家は思わず、テーブルの上のビール瓶を逆手につかんで、相手の股間を殴りつけようとしました。それは主人公の得意技の一つで、見事に引っくり返って気絶する相手を冷ややかに眺めやりながら、ゆっくりと栓を抜き、ビールを飲み干すのですが、この時は、上手く股間には命中せず、相手の顔に当たって、鮮血が飛び散り、その上、作家は、ビール瓶を取り落とし、割れて、周りがビールの泡だらけになってしまったのです。作家は、真っ青になり、ふるえ出したといいます。警察が駆けつけた時も、まだ作家の顔色は青かったそうです。想像の世界と、現実の違いでしょうね。それに、小説の世界では、周囲の障害は、主人公が暴れ出したとたんに消えてしまいますが、現実はそういきません。逆に、障害は大きくなるのです。一番の障害は人々の目です。現場に置かれた家具、機材もあります。今回の事件でも当てはまります。第一に乗客の目、それも、三両の車両の中に乗り合わせた、凝集した目です。それに、座席、狭い通路、動いている列車、いわば、制約だらけなのです。こんな状況の中で、知り合いを殺すのは難しい。そう考えると、犯人と被害者の間には、面識はなかったと、考えざるを得ないのです」

「解説は、それで終わりですか？」

自然に神崎の口調は、からかい気味になってくる。それだけ、反論しようがないということでもある。

十津川は、構わずに話す。

「狙われたのも、川口武ではないのではないかと考えるようになりました。旅行好きのサラリーマンなら、狙うチャンスは他にいくらでもあるからです。何も狭い特別な列車で殺すことはないのです。その点、高見沢愛香さんは社長秘書で、来年中には、結婚するという噂もある。それなら、狙うチャンスは、限られてくるのです」

「しかし、彼女が命を狙われるなど、考えられませんよ」

と、神崎は繰り返した。

「彼女を、一番憎んでいる人の心当たりはないと」

「そうです」

「では、彼女を一番愛している人間は誰ですか？」

「一番愛している人間ですか？」

「そうです」

「それなら、誰が見ても、うちの社長でしょうね。社長は、彼女にメロメロですよ」

「愛憎は紙一重といいます」

「刑事さんは、そんな俗説を信じてるんですか？」

「俗説でも、私の刑事としての経験から見て、信じられるのです。そういう目で、今回の事件を見ると犯人は、高見沢愛香さんを直接は知らずに、頼まれたか、傭《やと》われた人間の公算が大きいと思われるのです」

「しかし、社長が犯人とは考えられませんよ」

「どうしてですか？」

十津川は、強い口調でいって、神崎を見つめた。

それに、何故かぎくりとしながら神崎は、

「第一、社長は、事件の時、遠いハワイにいたんですよ」

「つまり、強固なアリバイを、持っているわけですね」

十津川の顔は、あくまで、冷静だった。

（癪《しゃく》に障る男だ）

と、思いながら神崎は、十津川の言葉に引きずられる格好で、

「ハワイからすぐ飛行機に乗っても、九時間はかかりますからね」

「社長は、高見沢さんのスケジュールを知っていたわけですね？」

「そりゃあ、心配して、私をボディガードにつけたくらいですから」

「どのくらい詳しく、知っていたんですか？」

と、十津川は、質問を続けていく。それも、細かくなっていく。

「刑事さんは、いったい何を知りたいんですか？」

「社長が、どの程度、高見沢愛香さんの行動を把握していたか、知りたいのです」

「刑事さん」

「何です？」

「愛していればいるほど、彼女の行動を詳しく知りたいのは、当然でしょう。それを、細かいほど、怪しいと刑事さんは、見るんですか？」

「私は、刑事として、全てを把握したいだけです。社長は、かなり詳しく、事件当日の高見沢愛香さんのスケジュールを知っていたわけですね？」

「そうですよ。しかし、それは、あくまでも、彼女を愛しているからであって、彼女を殺すためなんかじゃありませんよ」

自然に、神崎の口調は、社長を弁護する調子になっていく。

「あの日の『四国まんなか千年ものがたり』に乗ることは、知っていたのですね？」

「そうですよ」

「その時間は、時刻表に載っているから、当然、詳しくわかっていますね」

「そりゃあ当たり前でしょう」

「全席指定だから、何号車のどの座席を買ったかもわかっている」

「刑事さん」

「高見沢さんが、気まぐれに、あの列車に乗らないこともありえたわけですか？」

十津川は、しつこく、質問を続けていく。神崎が、返事をしないでいると、

「高見沢さんは社長秘書で、あの日も、何かあれば、社長に報告しなければならない立場だから、気まぐれにスケジュールを変えることは、考えられませんね。それに、社長は、信用する社員のあなたを、彼女に同行させているのだから、猶更《なおさら》、スケジュールは、変えにくいでしょうね」

と、十津川は勝手に、自分の推理を進めていく。

「高見沢愛香さんは、五日間の旅行スケジュールを、詳しく、社長に、知らせていたわけですか？　観光列車のスケジュールだけではなく――」

「そうですよ。当然でしょう」

「そのスケジュール表を見せてくれませんか」

「いいですよ。別に、やましいところがあるわけじゃありませんから」

神崎は、手帳にはさんでいたメモを十津川に渡した。

それを、丁寧に広げて、目を通しながら、十津川は、

「なるほど。詳しいスケジュール表ですね。これと同じものを、社長も、持っていたわけですね？」

と、いちいち、念を押す。

「当たり前でしょう。そのために作ったスケジュールなんですから。それを空港で受け取って、社長は、ハワイに出発したんです。私は、それを見送って、翌日の朝から秘書の高見沢さんのお供をして、四国に向かったんです」

「秘書の高見沢さんは、社長に同行しなかったんですか？」

「今回は世界中の人型ロボット関係企業の会議でして、技術面とＡＩの未来が議題で、同行者は一人というので、社長は止むなく、会社の技術部長を同行させたわけです」

「それを信じたわけですね？」

「当然でしょう。社長の言葉を信用しない社員なんかいないでしょう」

「確認しますが、旅行中、ハワイの社長と、連絡を取っていたわけですね？」

「そうですが、私ではなく、主として彼女が自分で、毎日、ハワイに電話していましたよ。社長秘書ですから、社長に連絡するのは、当然でしょう」

「それは、社長の方から、毎日連絡しろと指示があったんですか？　それとも、高

見沢さんが自主的に、連絡していたんですか？」

「それはどうでもいいでしょう。社長が、何もいわなくても、彼女は、社長秘書ですから、普通に連絡していたと思いますよ」

「なるほど。普通にですか。ところで、爆発ですが、十二時三十四分に爆発したという証言があるんですが、その通りですか？」

「その件は知っています。一二三四というわけでしょう。私は、それより、列車の終点大歩危着が、十二時四十八分だから、その直前に、爆発させたんだと思いますよ。従って多少の時間の差は関係ないと思いますがね」

と、神崎は、自論を展開した。

「と、いうことは、犯人は、車内にいて、爆弾を操作したことになりますね」

「違うんですか？」

「いや。犯人が前もって、時計をセットしておいて、車内のどこかに仕掛けて、爆発前に、列車から降りた可能性もあることを、いいたいだけです。問題の『四国まんなか千年ものがたり』号は、時刻表によると、十時十八分に多度津駅を出発、その後、善通寺十時二十六分、琴平に十時三十四分着、ここでしばらく停車して四十八分発、終点大歩危に十二時四十八分に到着となっています。ですから琴平に着く前に、時刻を十二時三十四分に合わせて、琴平で降りてしまう。そうすれば、犯人は安全だし、琴平から終点まで停車しないのですから、殺したい人間が、列車から降りてしまうことはありません。途中、坪尻駅でスイッチバック見学で一時停車しますが、ホームから外へ出れば、すぐわかってしまいます」

「何故、時刻が、一二三四なんですか？」

「真犯人が、海外にいると考えたケースです。金で殺人を依頼された実行犯は、日本にいる。この場合、何時に爆発させるかは、重大です。といって、時刻を書いたメモを渡すのは、真犯人にとって、危険です。そこで暗唱させる。その時、大歩危到着寸前とか、十二時三十七分とかいう数字は間違えやすい。一二三四なら、まず間違えないだろうと、われわれは考えたのです。問題の爆発が、十二時三十四分とわかった時、真犯人が海外にいて、指示しているという可能性を考えたのです」

「しかし、爆発物もタイマーも見つかっていませんよ」

と、神崎がいった。

「その問題は、今は、公安調査庁の渡辺事務官に委せています」

「海外にいる真犯人と、再三いわれましたね？」

「それが、何か？」

「明らかに、うちの社長を真犯人と見ているんじゃありませんか？」

神崎が睨むと、十津川は、ニッコリして、

「ただ、可能性をいっただけで、あなたの会社の社長を、真犯人と断定したわけじゃありませんよ」

と、いった。

だが、明らかに、神崎の勤める会社の緒方社長を、容疑者と見ているのだ。

しかし、それを、わざわざ社長にも、秘書の高見沢愛香にも、話すことは、ためらわれた。

と、いって、このあと、警察が、緒方社長を容疑者扱いにするようなことがあれば何故前もって報告しなかったと叱られるだろう。

迷った揚げ句、神崎は、会社の林《はやし》顧問弁護士に話すことにした。

東京に帰って、林に話をすると、思った通り、

「今、社長に話しても、あとになって話しても、怒られるでしょうね。あの社長は、部下に完全を求める人だから、何故、容疑が自分に及ばないようにしなかったのかといって」

と、いわれてしまった。

林弁護士は、神崎にきいてきた。

「ところで、あなた自身は、うちの社長が怪しいと思っているんですか？　五日間の四国旅行の間、一度も、社長を疑ったことは、なかったんですか？」

第四章

「あの企業」の歴史

1

十津川という警部は、しつこい。

神崎が東京の本社に戻ってからも、電話してきたり、昼休みに近くのカフェに呼び出したりするのだ。

最初は妙な言いがかりをつけてくると、腹が立ったのだが、おかしなもので、そのうちに、次第に緒方社長と、秘書の高見沢愛香の間に、何かあるのではないかと、疑いを持つようになってきた。

この日も、昼休みに、電話が掛かってきて、事件について、お話をお聞きしたいといわれると、会わないわけにはいかなかった。

よく休み時間に使うカフェで十津川は、神崎の顔を見るなり、

「高見沢さんは、現在、会社の軽井沢の保養所にいるそうですね」

ときく。

「先日、お会いした時も、同じことをきかれましたよ。高見沢はあんな事件の後遺症で精神的に参っているだろうから、しばらく会社の軽井沢保養所で休ませる。これは社長命令だと、お答えした筈ですが」

少しばかり、むっとして答えると、十津川は、

「ああ、そうでした」

と、あっさり肯いてから、

「実は、その答えを持ち帰って、上司に報告すると、信用しないのですよ」

「どうしてです。彼女が、精神的に参っているのは、本当だし、社長が、それを心配して、保養所でしばらく、休ませることにしたんですよ。嘘《うそ》だと思うのなら、調べたらいいでしょう」

「いや、そのことを、いっているんじゃありません」

「じゃあ、何が信用できないんです？」

「あなただって、うすうす、疑問に思っていることがあるでしょう。そのことを、うちの上司は、疑問視しているんですよ」

「何のことですか？」

「今回の事件が何を目的としたものかという疑問です。列車で爆発が起き、乗客が一人死んだが、その人物を殺すためとは考えにくい。ひょっとすると、高見沢さんを、狙った犯行かもしれない。そうなると――」

「怪しいのは、緒方社長といいたいんですか」

「別に、そうは断定していませんよ」

十津川の顔は、笑っていた。

一瞬、神崎が黙ってしまったのは、ここにきて、十津川の影響か、彼自身も、ひょっとすると、と思い始めていたからである。

神崎は、その気持ちを、自分で否定するように、

「そんなことより、テロ問題の方はどうなったんですか？　その可能性があるから、公安調査庁の事務官が乗り出してきているんでしょう？　違いますか？」

と、いった。

「確かに。ただ、公安調査庁も、困っているようですよ。あれだけの爆発があったのに、爆弾の破片が見つからないし、時限爆弾に必要なタイマーの破片も見つからないのは、不思議で仕方がないと、首をひねっていますよ」

「それで、猶更、うちの社長を疑っているんですか」

「何しろ、緒方精密電機さんですからね」

「しかし、作っているのはオモチャの人型ロボットですよ」

「まだ、市販されてはいないわけでしょう？」

「それは、うちの広報にきいてください」

「ところで、あなたの会社の緒方社長ですが」

と、十津川は、話を元に戻していく。

「サラリーマン社長じゃありませんね？」

「オーナー社長です」

「と、すると、個人財産は、どのくらいですかね？」

「そんなこと、課長補佐の私が知ってるわけはないでしょう」

「個人資産は、二百十七億円だそうです。会社の資産は、別です」

「それが、動機ですか？」

「納得できる数字ですよ」

「しかし、二人は、結婚するかもしれないんですよ。それにいくら財産があったとしても、結婚で資産が半分になるわけでもないから、問題にはならないでしょう」

「本気で、来年の春に結婚する気ならばね。しかし、何か事情があって、結婚する気がなくなった。財産も共有したくなくなったとしても、不思議はありませんからね」

「しかし、高見沢さんは、四国を旅行していて、緒方社長は、ハワイにいたんですよ」

「だから、完全なアリバイですよ」

十津川が、ずばりと、いった。

「完全な――ですか？」

「そうです。その間に、高見沢さんが殺されれば、緒方社長には、完全なアリバイがありますからね。だから、猶更、その旅行中に、誰かに殺させようと考えたことになってきます」

「そんなこと、信じられませんよ」

と、神崎が、思わず、大声を出した。が、どこかに、恐怖の色があった。

正直にいうと、今、十津川がいったようなことを、考えたことがあったのだ。

十津川は、それを、見すかしたような目で、神崎を見た。

「犯人は、用心の上にも用心をしています。彼女の完全な旅行中のスケジュールを作って、あなた自らがハワイに行く社長に渡したと、いっていたじゃありませんか。それも、五日間全てのスケジュールを。鉄道なら、何という特急の何号車の窓側か通路側の何番の座席にするとか、下車したら、何というホテルに、何時にチェックインするかまで書いたスケジュール表を、出発する緒方社長に渡したんでしょう」

「高見沢は、それを、社長の愛情と思って喜んでいましたが」

と、神崎がいった。

「とすると、彼女は、毎日、ハワイの社長に報告していたんですね？」

「そのようです。それも、嬉々《きき》としてです」

「つまり、ハワイにいる緒方社長は、五日間の高見沢さんの完全な行動のリストを持っていたことになりますね。それに合わせて、金で傭った殺しのプロに指示を与えていたのかもしれません」

「殺しのプロなんて、この日本にいるんですか？　とても信じられませんがね」

「あなたは、本当に、社長が、誰かに頼んで、彼女を殺したなんてことは、考えないでしょうね？」

「考えたくはないですよ。もちろん」

「しかし、今になれば、あり得る話だと考えていますね？　違いますか？」

と、十津川は、粘っこく迫ってくる。

「しかし、そういうことなら何人もの証言が、必要ですよ」

「わかっています。だから、高見沢さんと五日間一緒に旅をしたあなたに協力していただきたいのですよ」

「私は、あなたが犯人だと考えている緒方社長の部下ですよ。協力できる筈がないじゃありませんか」

と、神崎が抗議すると、

「では、逆に考えたらどうですか。私の方で、緒方社長の疑問点を一つ一つあげていくので、それに対して反論してみませんか。そうすれば、社長の潔白を証明する作業になりますから」

と、十津川は、いう。

「物は、いいようですね」

「しかも、社員の社長に対する忠誠の表れになりますよ」

「――」

「じゃあ、まず、何から始めますか」

と、十津川は、勝手に話を進めていく。

「今回のハワイの同業者の会議から始めましょう。何故、愛する秘書の高見沢さんを連れていかなかったのか？　どうです。返事は？」

「今回の会議は、ロボットの技術論が主な議題だったのと、同行者一人ということで、社長は技術部長を同行させ、彼女を連れていくのは諦めたといっていましたね」

と、神崎は、いった。

十津川は笑って、

「それは、会議に出席できる人数のことでしょう。会議には出席しない人間をハワイに連れていっても構わないわけですよ。高見沢さんを会議の間、ハワイで遊ばせておいてもいいわけでしょう。私の方で、調べたところ、この会議の間、奥さんや、彼女に、ハワイ旅行を楽しませていたという外国の社長も、何人かいたらしいですよ」

と、いう。

確かに、会議の間、彼女をハワイで遊ばせておけばいいのに、何故、社長は、駄目だといったのか。

神崎が、何かいうより前に、十津川は、先に移っていく。

「お二人が四国旅行された五日間、現地の地元新聞を、念のために調べてみたんですよ。すると、興味のある記事が見つかりました。あなたは、高見沢さんと一緒に、大歩危から祖谷渓に入って、予定されたホテルに泊まり、有名なかずら橋の見物に行っています。例のスケジュール表に従ってです。前後して、新聞によれば現地で、転落事故が発生しています。死亡した女性は、白のセーターに白のパンツルック、まっ黒なツバ広の帽子をかぶっていたというのです。高見沢さんも同じ恰好をしていたときました。あなたも、その記事を読んだ筈ですよ」

「読みましたよ」

「それで、あなたは、こう思ったんでしょう。ひょっとすると、この女性は、高見沢さんと間違われたのではないかと」

「――」

「どうですか？　あなたは、彼女と同行していたんだから、そう思うのも当然ですよね。どうですか？」

「わかりましたよ。その新聞記事を読んだとたんに、今、十津川さんのいった通り、可哀《かわい》そうに、高見沢に間違われて殺されたんじゃないかと思いましたよ。当然でしょ」

と、神崎は、言わざるを得なくなってしまった。

（誘導尋問だね）

と、思ったが、全く反発するというわけでもなかった。

彼自身も、ひょっとしてと思い始めていたからだった。

2

緒方に対する嫉妬もあったかもしれない。

緒方のように、地位と金があれば、高見沢愛香のような魅力的な女を、秘書として、身近におけるのだという羨望《せんぼう》でもあるだろう。

しかも、五日間、神崎に、旅の供をさせている。二人だけにしても、神崎が、手を出せないと見すかしているのだ。

これも、権力と金のある人間の驕《おご》りと、自信か。

そんなことを考えると、五日間の旅の間、神崎が、自分に腹立つ瞬間もあった。見すかされている自分に対してである。

「緒方社長は、女嫌いですか？」

十津川が、ふいに、きく。

神崎は、思わず笑った。

「そんなことはありませんよ。逆だと思いますよ」

「でしょうね。われわれが調べた限りでも、緒方社長は、女好きで通っています」

「そうでしょうね。私は、同じ大学ですが、当時の先輩に聞くと、ミス・キャンパスと同棲《どうせい》していたとか、人妻とどうとか、いろいろな噂を聞いています」

「それなのに、いまだに独身ですね」

と、十津川が、いう。

「われわれの調べでは、ある有名政治家の一人娘と、婚約したことがあります」

「そうですか。そのくらいのことがあってもおかしくはありませんよ」

「ところが、結婚寸前に破談になっています」

「多分、緒方社長の女性関係のせいでしょう。違いますか」

「当たりです。政治家の方が、心配して、興信所を使って、緒方社長を調査したところ、その時点で、緒方社長が、人妻と関係していることがわかったのです。政治家は、怒って、破談にしてしまったというのです」

「社長に、政治的野心があるのは知っています。そういうことは隠さない人だから」

と、神崎は、いった。

少しずつ、神崎は、十津川のペースに、巻き込まれていった。というより、彼自身、社長のそんな話に、興味を持っていったのだ。

「高見沢さんは、そんな緒方社長の過去を知っているんでしょうかね？」

と、十津川が、きく。

「秘書だから、知っていると思いますが――」

「知っていて、社長との結婚を望んでいるでしょうか？」

「私には、彼女は、本気で、社長に惚《ほ》れているように見えましたが」

と、神崎は、旅の間の彼女の様子を思い出しながら、いった。

「両方が承知なら、事件にまで、広がっていきませんね」

と、十津川が、いった。

3

二日後に、また、十津川が、やってきた。

その顔は、嬉しそうだった。

「証拠が見つかりましたよ」

と、神崎に会うなり、いった。

「何の証拠ですか？」

「高見沢さんとの結婚について、何か障害があるのではないかという話ですよ。それが、見つかったんですよ」

「そんなものが、あったんですか？」

「あったんですよ。御社の緒方精密電機ですが、今の社長は、二代目で、先代の緒方幸三郎《こうざぶろう》が、緒方玩具を苦労して創業して、今の社長が、それを現在の大企業にしたとえいわれています。何しろ創業の時は、小さなオモチャ工場みたいなものだったという人もいます。成功しかけて、一度失敗して借金まみれになったことがありますが、その内実がよくわからなかったのです。それで調べてみると、そのどん底の時に、緒方幸三郎を助けた人間がいたのです。名前は、山野辺《やまのべ》敬《たかし》という人物です」

「その名前、聞いたことがありますよ」

「三十年くらい前に、一度だけ、『たったひとりのファンド王』という名前で、新聞に出たことがあります。私も、その頃は、十歳ですから、あとで名前を何かで読んで知っただけで、詳しいことは、わかりませんでした。今回詳しくわかりました」

「私は、まだ生まれていないから猶更です。誰かから聞いただけです。とにかく、大変な資産家だとは聞いたことがあるんです」

「不思議な資産家でしてね。世田谷区内の旧家にひとりで住んでいて、金だけは持っている。さまざまな事業をやっていたが、還暦を迎えた時、突然、全ての事業を清算してしまった。その結果、個人資産五百億円とも六百億円ともいわれましたが、山野辺さんは、『ひとりファンド』を作り、自分の気に入った人間を経済的に助けることに使うことにしたんです。話を聞いて、納得がいけば、無利子で、融資する。しかも、失敗しても、返済は要求しない。そんな人なんですが、ある日、事業に失敗した緒方幸三郎さんと出会うんです。どんな出会いだったのかは、わかりません。車に轢《ひ》かれそうになった山野辺さんを、偶然、通りかかった緒方さんが助けたとか、いろいろと話はありますが、不確かです。とにかく、二人は知り合い、山野辺さんが、自殺まで考えた緒方さんを経済的に助けることになったのです。緒方玩具の借金は、全て、山野辺さんが清算し、その上多額の資本も注入した。おかげで、緒方玩具は、新しい科学的なロボット玩具の製造会社として、現在の二代目社長の時代を迎えて、会社の名前も、緒方精密電機と変更しています」

「それで、山野辺さんは、その後、どうしたんですか？」

「五年前に亡くなっています。遺産は、全て国に寄付されていて、その金額は、二百億以上といわれています」

「そんな話、全く聞いたことがありませんが」

神崎が、首をかしげると、

「山野辺さんの遺志で、全て、名前を出さないでということだったからです」

「それで、終わりですか？」

「実は、現在の緒方社長が、新しい形で会社を再建した時、山野辺さんへの感謝の気持ちから誓約書を作成しているのです。これがその誓約書の写しです」

十津川は、紙を取り出して、それを、神崎に見せた。

「誓約書
　緒方精密電機株式会社の全財産（会社、工場、製造されたロボット玩具など）の二分の一は、共同経営者山野辺敬氏と、彼が指定した唯一の親族の所有物である。

　これは、山野辺氏の死後も変わらないものとする」

「こんな短いものですか？」

　と、神崎が、きいた。

「この文面を二人で作成した時、緒方社長が、何か付け加えるものはないかと、山野辺さんにきいたところ、山野辺さんが、こう答えたというのです。自分には、この世に、たった一人だけ親族と呼べる者がいることが、わかった。彼女は、大学を卒業し、現在、大学院生として、経済学の勉強をしている。私が亡くなったら、彼女に、このことを伝えて、できれば彼女の力になってほしいと、頼んだそうです」

「ちょっと待ってくださいよ」

　と、神崎は、あわてて、口を挟んで、

「その女性が、高見沢ですか？」

　と、いった。

　十津川は、ニッコリして、

「よくわかりましたね」

「他に考えようがないじゃありませんか」

「そこでなんですが——」

「ちょっと待ってください」

「まだ、疑問が、ありますか?」

「当然でしょう。社員の私だって、初めて聞く話だし、緒方社長も、そんな話をしたことはない。五日間一緒に旅行した高見沢からもです」

「それは、亡くなった山野辺さんの、他言無用という生活信条のせいだと思います」

「それなのに、あなたが何故、知ってるんですか? 緒方社長にきいたんですか?」

「いや。彼は多分、借金話は、嫌でしょうから」

「じゃあ、高見沢からですか?」

「まだ、軽井沢には、行っていませんよ」

「じゃあ、他の誰に、きいたというんですか?」

神崎は、突っかかるように、十津川を睨んだ。

十津川は、笑って、

「ね。神崎さん」

と、いった。

「山野辺という人は、『ひとりファンド』で、経済援助をする個人や、集団は、全て、ひとりで決めていましたが、細かいことまで、ひとりではとても無理です。それは、わかるでしょう」

「わかりますが――」

「事務的なこととか、役所への手続きなどは、それをやってくれる人たちが必要です。できれば、法律にくわしい人がいい」

「法律事務所？」

「山野辺さんに、昔から、東京弁護士会所属の法律事務所が、協力しています。ここも、山野辺さんの遺志を尊重して誓約書は預かると、そのことは、ほとんど誰にも話さずに来たといっています。その上、公正証書として残された遺言状ではないので、まだ執行はされてないのです」

「そうでしょうね」

「しかし、私は警視庁捜査一課の刑事です。それに、殺人事件が、絡んでいます。法律事務所が、説明を拒否したら、令状を請求します」

　と十津川は、今度も微笑した。

4

神崎は、自分を落ち着かせるべく、コーヒーを口に運んだ。

「緒方社長は、黙っていれば、会社を含めた全財産の半分を、高見沢愛香に渡さなければならないわけですね？」

「法律的には、そうです」

「彼女と結婚すれば、それを防ぐことができる」

「そうです」

「殺してしまえば、全てが、自分のものになる」

「やっと、動機が一つ見つかりましたね」

と、十津川がいった。

「緒方精密電機の全資産は、いくらぐらいあるんですかね。自分の会社のことを刑事さんにきくのも変ですが」

神崎は、二杯目のコーヒーを口に運んだ。一杯では、興奮が、静まらないのだ。

「一説には、二百億とも、三百億ともいわれています」

「その半分として百億から百五十億ですが、今すぐ払えといわれても、できませんね。そんなことをしたら、会社が、傾いてしまいます」

十津川が、落ち着いて、いった。

「緒方社長も、高見沢も、このことは、知っているわけですよね」

「もちろん」

「そう思って、五日間の四国旅行や、今回の事件や、その後のことを考え直すと、不思議な気分になってきますね」

と、神崎は、いった。

「私もです」

と、十津川も、いう。

「それにしても、高見沢も、うちの緒方社長も、役者だなと思いますね」

「わかります」

「警察は、いろいろ考えて、緒方社長が、高見沢を殺そうとして、今度の計画を立てたと考えるわけですか？」

「断定はしていませんよ。可能性ありと見ているだけです」

「それなら、軽井沢の保養所に行っている高見沢は、危ないじゃありませんか」

神崎が、きく。

「いや。軽井沢の高見沢さんは、安全だと思っています」

「どうしてです。軽井沢の保養所は会社のもので、警察が疑っている緒方は、その会社の社長ですよ」

「だから、逆に安心しているんです。軽井沢で彼女が殺されれば、まず一番に疑われるのはそこに行かせた緒方社長ですからね」

と、十津川は、いってから、神崎を安心させるように、付け加えた。

「念のために、若い刑事二人を軽井沢に派遣しています」

その時、十津川のスマホに連絡が入り、「すぐ行きます」と、答えたのを機会《しお》に、神崎も、腰を上げた。

「最後に、どうしても、十津川さんにききたいことがあるんですがね」

「何でも、きいてください」

「何故、私に、何もかも話してくれるんですか?」

と、神崎が、きいた。

「それは、あなたが、爆破殺人事件の現場にいた当事者だからですよ。それに、嘘はつきそうもない人だからですよ」

と、十津川がいった。

少し気分がよくなって、神崎は、十津川と別れたのだが、

「違うな」

と、呟いて、足を止めた。

十津川は、刑事であり、あの爆破事件の担当である。

(それに対して私は容疑者の一人だ。だから、私を信用しているふりをして、私を調べているに違いない)

と、神崎は、考え直した。

そうなると、マイナスの方向に、考えが向いてしまう。

（十津川警部は、私を緒方社長から、高見沢愛香を殺してくれと頼まれた人間の一人と、疑っているのではないか）

5

十津川が戻ると、三上《みかみ》刑事部長が難しい顔で待っていた。

「今回の件について、上から文句が出ているぞ」

といきなり、いう。

「上の方って、具体的に誰からですか？」

「決まっているだろう。警視総監だ」

「どんな文句ですか？」

「第一は、殺人事件といいながら、被害者がいないじゃないかという文句だ」

「川口武という三十八歳の乗客が死んでいます」

「しかし、この人物は、巻き添えで死んだんだろう？」

「そう見ています」

「じゃあ、本当の被害者は誰なんだ？」

「同じ車両に乗っていた、緒方精密電機の社長秘書高見沢愛香と見ています」

「しかし、彼女は死んではいないんだろう」

「軽傷だけです」

「犯人は？」

「社長の緒方秀樹に容疑があると見ています」

「しかし、その人物は、事件の起きた時、ハワイにいたんだろう」

「それは、確認しています。それで、彼は、アリバイを作っておいて、その時間に、金で傭った人間に、高見沢愛香を殺させようとしたという可能性もあります」

「証拠は？」

「ありません」

「もう一つ、爆発物の種類は、まだわからんのかというお叱りを受けた。どうして、わからんのだ？」

「普通の爆発事件なら、何らかの残存物が見つかります。爆弾の破片です。また、爆発が十二時三十四分に起きたことから、犯人は、爆発には、タイマーを利用し、十二時三十四分にセットしたと見ています。一二三四です。それなら、タイマーの破片もあるべきなのに、それも見つかっていないのです」

「科捜研は、どういってるんだ？」

「爆発物全体が、水みたいなもので、爆発したとたんに、蒸発して消えてしまったのか、物質は、全て分子でできていますが、爆発した瞬間に、分解反応を起こして見えなくなったのではないか、そんなことしか考えられないといっています」

「それで、君は、理解したのか？」

「話した当人が、絵空事だといって笑っています」

「それでは、全て、わからないということじゃないか」

「しかし、死者が出ています。自殺でも、事故死でもありませんから、これはまぎれもなく殺人事件です」

「しかし、手掛かりなしで、捜査は行き詰まっているのだろう？」

「今のところは、その通りです」

「それなのに、君は、狙われたのは、緒方精密電機の社長秘書の高見沢愛香で、容疑者は緒方社長だと口にしている」

　と、三上が、いう。

「なるほど。その線ですか」

　と、十津川は、苦笑した。

「緒方社長が、文句をいってきたんですね」

「緒方精密電機は、今や、ＡＩ企業として、先端を行っているし、アメリカの同業他社も、提携を申し出ているほどの優良企業だからね。その企業の社長を殺人事件の容疑者にするのは、政治的にもまずいんじゃないかと、総監は、おっしゃっている」

「緒方社長本人からの文句だけじゃないんですか？」

「羽田《はた》副総理から、総監に電話があったという話だ」

と、三上は、いう。

十津川は、羽田副総理の顔を思い出した。現総理の先輩に当たる政治家で、与党幹部も、羽田には、一目おいていると聞いたことがあった。

「羽田さんは、緒方社長と親しいんですか？」

「そんなことは知らんが、このことは、よく考えた方がいいぞ」

と、三上がいった。

十津川が机に戻ると、亀井《かめい》が、近寄ってきて、

「捜査についての文句ですか？」

と、きく。

「緒方社長を容疑者扱いするのはやめるようにと、いわれたよ。緒方社長というのは、政治家とも親しいのか」

「私が、調べたところでは、現在の厳しい世界情勢から、日本でも兵器製造における官民協力を叫ぶ声が出ているそうです。武器の製造は、一番、儲かりますからね。それ

に、政府の援助で、研究も可能だし、軍需と民需の境もあいまいなケースもあるから、平和憲法があるからといって、遠慮していたら、世界の趨勢《すうせい》におくれを取ってしまう。羽田副総理は、官民協力賛成の筆頭で、緒方社長も、それに賛成しています」

「そうか。秀《すぐ》れたロボット人形は、ロボット兵士に通じているか」

「そうです。だから、社名から、玩具の文字が消えて、精密電機になっています」

「人型ロボットからロボット兵士に変えるためには、莫大《ばくだい》な資金が必要になる。そのためには、高見沢愛香の協力がなければならない。もし、彼女が、兵器開発に反対だとすると、彼女の存在が、邪魔になってくる。とすれば、ということになってくるんだが、証拠が全く見つからない」

十津川は、小さく、舌打ちをした。

（何故、証拠が、何も見つからないのか？）

6

その頃、神崎も、首をかしげていた。

十津川は、今回の事件は、緒方社長が、秘書の高見沢愛香を狙ったものではないかと、いう。

神崎は、二人は、結婚を噂されるほどの仲だと信じていたので、十津川の言葉は、意外だったのだが、考えてみれば、その可能性が、ゼロではないと思った。

緒方社長は、野心家である。父親が経営していた玩具作りから、精密電機の会社に、大きく変貌させた。更に、飛躍させようとして、政界にも、取り入っている。そうなると高見沢愛香の存在が、邪魔になってきていることも、考えられるのだ。

社長秘書を、五年もやっていれば、緒方という人間が、よくわかっている筈である。それに、頭のいい、冷静に物事を考えられる女性である。

十津川は、今回の事件で、凶器がわからないと悩んでいるが、神崎が、頭を悩ませるのは、愛香の態度だった。

頭のいい彼女が、緒方に命を狙われていることに、全く気がつかないように見えることだった。

列車の中で、爆発があって、彼女の近くにいた乗客が、死んだ。彼女が、その列車に乗ることを知っていた緒方社長を、疑うのが、自然だろう。

だが、愛香に、その気配は全く見られない。

心配している神崎をよそに、緒方社長と軽井沢の保養所に行ってしまった。

緒方社長が犯人なら、一番危険な状況なのにである。

普通の人間でも、少しは、緒方社長を疑うだろう。それなのに、何故、頭の切れる愛香は、疑わないのか。

それほど、緒方に惚れ込んでいるのか。

それとも、十津川の疑惑は、間違っているのか。緒方は、本気で愛香を愛していて、彼女を殺す気など、微塵《みじん》もないということなのか。

神崎が、緒方社長を疑う理由は、二つあった。

一つは、ハワイに行く緒方が、その五日の間の高見沢愛香の行動について、あまりにも詳細なスケジュール表を要求していたことである。

結婚するかもしれない相手である。「五日間、四国旅行を楽しんでくれ」といえば、すむことである。心配なら、ハワイへ連れていけばいいのだ。

もう一つは、祖谷渓で、愛香そっくりの服装で、よく似た背恰好の女が転落死したことだった。緒方に殺しを頼まれた人間が、間違えて殺してしまったのではないか。緒方が首謀者なら、十分、考えられることなのだ。

この二つから、神崎は、緒方社長を、疑うようになったのだが、

「それにしても――」

何故、愛香は、緒方社長を疑わないのだろうか。

7

軽井沢から、愛香が帰ってくると、会社も、正常に戻った。

そんな時、神崎は、緒方社長に呼ばれた。

社長室に行くと、緒方は、笑顔で迎えて、

「改めて、四国旅行のお礼をいいたい」

「とにかく、高見沢秘書が無事で良かったと思います」

「それでだが、私は、高見沢君と結婚することを決めた。今度のことで、改めて、私にとって必要な女性だとわかったのでね」

「おめでとうございます」

「そうなると、私としては、社長秘書を辞めて家のことに専念してもらいたいんだ。男のわがままかもしれないがね」

「わかります」

「そこで、次の秘書は、君にやってもらいたいんだよ。高見沢君も、君なら大丈夫だといっている。とにかく、君に頼みたい」

「私に務まるかどうか――」

「いや、大丈夫だよ」

と、緒方は、さっさと、話を進めて、

「実は、三日後の六月一日に、さっそく、秘書として、行ってもらいたい所があるんだよ。私の代わりにだ」

「どこですか？」

「韓国のソウルで、六月一日から、世界の兵器ショウが行われる。それを、うちの技術部長と一緒に見てきてもらいたいのだ」

「世界の兵器ですか？」

「今や、産軍協同は、世界の趨勢なんだ。アメリカ、ロシア、中国なんかは、急ピッチに、産業と軍事の垣根を取り払って、研究者を、大量に、突っ込んでいるから、兵器の面での日本のおくれは、ひどいもんだよ。同時に、日本の工業製品、産業で使う道具も、どんどん、おくれていっている。秀れた兵器は、簡単に民間でも作れる。そんな時代だからね。その点を、しっかり見てきてもらいたいのだ」

と、緒方は、熱っぽく、話す。

「うちの専門は、人型ロボットですが、それに、最新の兵器が参考になりますか？」

「もちろん。その点は、同行する技術部長にきいてくれ」

と、緒方は、いった。

六月一日、神崎は、小野《おの》技術部長と、ソウルに向かった。

ソウル郊外の軍用地全面を一杯に使った兵器の展示会が開かれていた。

一番の売り物は、飛行場に並ぶ軍用機である。世界の最新軍用機が、ずらりと並んでいる。

その説明を受けている各国の軍人たち。

飛行場の横には、戦車、大砲、軍用トラックなどが、ひしめいている。

ビルの中には、小型兵器、小銃、機関銃、バズーカ。そして、神崎たちが目当てのロボット。

全て軍用ロボットである。

その種類の多さと機能に、神崎は、驚いた。

神崎は、自分の会社で作られるロボットは、あくまでも、オモチャと思っているから、ロボットというと、ホンダやソニーが作ったものが頭に浮かぶ。

そういった日本企業のロボットは、精巧で、世界一だと思っていたのだが、目の前に並ぶ各国の軍用ロボットを見て、愕然《がくぜん》とした。

その精巧さと、威力にである。

歩くのは当たり前で、空中を飛んだりする。両腕が、機関銃やバズーカになっていて、それが破壊されると、自分で予備のものと取りかえて、射《う》ち続けるのである。

その上、敵味方の識別、味方ロボットとの交信など、兵士以上の働きをするのだ。

「すごいですね」

と、神崎が、感心すると、小野が、笑って、

「これは現在の軍用ロボットで、すでに、次世代のロボットが、生まれていて、実

戦に使われようとしています」

「そんな化け物とうちのオモチャがどう関係するんですか？」

「実は、うちのロボットには、アメリカの最新技術を取り入れているんです」

「よく、アメリカ側が、許可しましたね？」

「その代わり、技術を提供してくれたアメリカの会社に対して、今後、うちの会社が発明、発見した技術は、全て提供することを約束しています」

「それは、つまり、そのアメリカの会社の傘下に入るということですか？」

「まあ、そういうことですが、今の状況では、うちの会社が生きる方法は、他にないと、社長は、決断したんでしょうね」

「しかし、株主は、反対するかもしれませんよ」

「その点は、大丈夫です。株の八十パーセントを、社長が、持っていますから」

「実際は、緒方社長と、もう一人、大株主がいて、その二人で八十パーセントと聞いたことがありますが」

「それは、山野辺さんのことでしょう。それなら、緒方社長が、高見沢さんと結婚することで、解決しますよ」

　と、小野は、笑顔を作った。

「あなたも、山野辺さんのことは、社長から聞いていたんですか？」

「五月のハワイ行きの時、社長と二人だけになりましてね。その時、社長が話してくれたんです」

「どうして、社長は、あなたに、話したんですかね？」

「さあ、どうしてでしょうね。それと、もうひとつ、高見沢秘書が同行しないことも不思議だと思いました」

と、小野は、いった。

「それは、会議の規約で、一社二人まで、それもロボットの技術問題が主題だったので、高見沢秘書を連れていけなかったんでしょう？」

「そんな話は、聞いていませんよ」

と、小野は、いう。

（やはり、緒方社長が、怪しい）

と、思ったが、神崎は、黙って、軍用ロボットの動きを見ていた。

8

日本も、陸上自衛隊が使っている自動小銃と、重機関銃を展示していたが、人気は、アメリカのM16自動小銃や、ロシアのカラシニコフに集中して、日本のものには、ほとんど、目が向けられなかった。

　この日、二人は、ソウルのホテルに一泊して、緒方社長への報告書を作ることにした。

　軍用ロボットの写真と、それにつけられた説明をまとめて、報告書は、簡単に作成できた。そのあとは、自然に、会社の将来の話になった。

「うちは、本当にアメリカ企業の傘下に入ることになるんですか？」

と、神崎は、小野にきいてみた。

「社長は、アメリカのアメリカンECとの合併を狙っているみたいです」

「アメリカンECは、玩具会社じゃないでしょう？」

「もちろん、無人飛行機や、無人戦車などの会社ですよ」

と、いって、小野は、笑った。

「そうなると、玩具のロボットを作っているわが社を、向こうが相手にしてくれないんじゃありませんか。うちが希望しても」

「大丈夫です」

「どうしてです？」

「今回うちで作った人型ロボットに取り入れたのは、最新の軍用技術だからです。それ従って、外見は、子供のオモチャですが優秀な軍用ロボットでもあるんです。それを、ハワイの会議で、披露してきましたから、間違いなく、お呼びがかかる筈です」

と、小野は、自信満々で、いった。

翌日、二人は、もう一度、兵器ショウの現場に行き、写真を撮りまくった。

改めて、アメリカの展示室をのぞくと、小野のいうアメリカンＥＣの戦車や、自走砲や、無人ロボット兵士が、ずらりと並んでいた。

その中の無人ロボット兵士の動きは、どこか緒方精密電機製作の人型ロボット玩具の動きに似ていた。

神崎が、それをいうと、小野は、

「それは、当然ですよ。アメリカンＥＣのＡＩを、うちのロボット人形に、私が組み込んでいるんだから」

と、いうのだ。

「しかし、大きさが全く違うじゃありませんか。性能の近い人工知能を、よく、組み込めましたね。信じられませんが」

「そこが、日本の技術なんですよ。小型化するのは、日本人の得意とするところですからね。百七十センチから二メートル近いアメリカの無人兵士を動かしている人工知能を、三十センチの玩具の中に、組み込んだんですから。日本人以外の技術者には、できなかったでしょう。ハワイには、アメリカンＥＣのスタッフも来ていて、うちのロボット人形を見て、びっくりしていましたからね。あれで、アメリカンＥ

Cの幹部も、わが社の技術の素晴らしさを認めたんだと思いますね」

「そのためのハワイ会議だったわけですか？」

「表向きは、オモチャの人型ロボット会議。でも、うちとしては、アメリカンECとの秘密の打ち合わせだったわけですよ。何しろ、軍用ロボットについての打ち合わせなので、秘密を守る必要がありますから」

小野は、少しばかり、得意気だった。

「人工知能を、三十センチの人形に組み込むことは、アメリカンECにもできなかったんですか？」

と、神崎が、きいた。

「そうです。だから、アメリカンECのスタッフが、びっくりして、緒方精密電機を見直したんです」

「さっき、アメリカンECの人間が、あなたに何か渡していましたね」

「うちの緒方社長へのメッセージを渡してくれと頼まれました」

小野は、小形の封書を、取り出して、神崎に見せた。

「どんなメッセージか、想像がつきますか？」

「わかりますよ。最初のうちは、わが社の、アメリカンECに対する片想《かたおも》いだったんです。全く相手にしてもらえなかった」

「そんな話、私は、何も聞いていませんが」

「当然でしょう。完全に秘密の交渉だったし、今いったように、最初は、全く相手にされなかったから、そんな恥ずかしい話を、社長が、社員に話す筈がないでしょう」

ソウルでの兵器ショウを見終わった二人は帰路についた。

会社に帰り、すぐ、緒方社長に、神崎が報告書を提出し、小野技術部長が、アメリカンECのスタッフからのメッセージを渡した。

神崎の報告書に対しては、ただ肯いただけだったが、アメリカンECのメッセージの方は、読み終えると、ニッコリして、

「君から、喜んでいるという返事を出しておいてくれ」

と、いった。

神崎は、アメリカンECのスタッフの書いたメッセージの内容を知りたかったが、それは止めて、

「高見沢さんの姿を見かけませんが、どの部署に異動されたんですか？」

と、きいた。

「ひとりで、四国へ旅行に出かけた。今日は、松山あたりじゃないかな」

と、緒方が、いう。

「本当に、ひとりの旅行ですか？」

「社長秘書でなくなったから、ひとりで自由に、四国を楽しみなさいと、いって、出発させた」

「先月の五日間の旅行では、細かくスケジュールを立てさせて、それに従って、四国旅行をさせてますよね。私というお供までつけて。それなのに、今回は、どうして、ひとりで行かせたんですか？」

「もう社長秘書ではなくなってるからだよ。彼女も、肩書きがなくなったので、ひとりで自由な四国旅行を楽しみたいといっていたんだ」

「松山へ行くことだけは、社長に、いっていたわけですか？」

「彼女は四国で高校生だった頃、俳句のグループを作っていたそうなんだ。俳句といえば松山が有名で、市内に俳句のポストが置かれていて、三か月に一度、投句を集めて発表するので、高校生時代に彼女も、松山へ行って、投句をしたことがあるというのだ。それで、松山へは必ず行って、久しぶりに、投句をしてみると、いっていたんだよ」

「それで、いつ帰ってくるんですか？」

「何日、四国旅行を楽しんでも構わないといったんだが、半月くらいで、帰京すると、いっていた」

「そのあとは、彼女の身分は、どうなるんですか？」

と、神崎は、きいてみた。

「私としては、なるべく早く、結婚したいと思っているが、それまでは、何をしてもいいといってある。会社のご意見番をしてくれてもいいし、英語が堪能だから、うちも外国企業との提携も考えることになるので、その交渉に当たってくれてもいい。そう思っているんだ」

と、緒方は、いった。

そうした緒方の話は、神崎は、何となく信じられなくて、その週の連休を使って、四国の松山に行ってみることにした。

第五章

実験

1

正直にいえば、高見沢愛香が危ないと、感じたのだ。

緒方社長は、自分がハワイの同業者の会議に出席する間、秘書の高見沢愛香に、神崎をつけて四国旅行させたのである。

その最後の日に、四国の土讃線を走る観光列車の中で、爆発が起きた。死者が一人出ているが、愛香の近くにいた乗客である。

愛香が死んでも、不思議はなかったのだ。

もし、愛香殺しを、緒方が企んだとすれば、今度の松山行きも危険ではないか。

神崎は、二日間の休暇届を出した。

急ぐ気だから、今回は、新幹線は使わず羽田から、松山へ飛ぶことにした。

羽田空港で、十津川警部と、亀井刑事に、出くわした。

「あなたも松山ですか」

と、十津川の方から、声をかけてきた。

双方とも、午前九時五十分発の日本航空だった。

「警察が、何故、松山へ？」

と、神崎が、きいた。

「実は、おたくの緒方社長に頼まれたんですよ」

「社長がですか？」

「そうです。昨夜おそく、突然、緒方社長から電話がありましてね。今、高見沢愛香さんが、松山に行っている。完全にプライベートな旅行なのだが土讃線の事件のこともあって彼女が心配だ。ただ、自分は松山へ行けないので、松山の警察に、注意するように頼んでくれないかといわれるんですよ。それなら、私自身が松山へ行った方が早いと思いましてね」

「その話は、本当なんですか？」

と、神崎は、きいた。戸惑っていた。

緒方が、高見沢愛香を殺そうとしているのではないかと、神崎は、疑っている。その緒方が、十津川に電話して、彼女を守ってくれと、頼んだという。これは、どういうことなのか。

逆に十津川は、笑っている。

「わざわざ、私の携帯に電話してきたんですよ」

「どうもわからない」

「あなたが、わからないという、そのわからない理由が、私にはわかっている」

「何のことですか？」

「間もなく時間ですが、座席が離れているので、向こうに着いてから、ゆっくり話し合いましょう」

と、十津川は、いった。

九時五十分ジャストに、日航433便が、出発した。

松山空港には、予定より七分遅れて、十一時二十七分に到着。

松山市内のグランドホテルで一緒になった。

「ここに、彼女が泊まっていることも、緒方社長が、教えてくれたんですよ」

ロビーでコーヒーを飲みながら、十津川が、いった。その愛香は、フロントの話では、現在外出中で、夕食までに帰ってくるという。

「私は、個人的に、四国行きを決めました。緒方社長とは関係ない」

と、神崎がいった。

「羽田での話の続きをやりましょうか。実は、五月の爆発事件について、われわれも、緒方社長を疑っていたのですよ。ハワイでの会議というアリバイを作っておいて、四国で、愛香さんを殺そうとしたのではないかと、考えたのです。多分、あなたも、同じことを考えたんじゃありませんか。だから、今日、彼女が松山にいるので守ってくれと、緒方社長が電話してきた時には、ちょっとびっくりしましたよ。それを聞いてあなたも、同じだったんじゃありませんか」

「そうです。私も、緒方社長を疑っていましたから、わからなくなってしまって。警察も、同じなんでしょう？」

「それほど、警察というのは、単純じゃありませんよ」

と、十津川は笑った。

「まだ、緒方社長を、疑っているということですか？」

「土讃線での爆発事件では、最初、死亡した乗客が狙われたと考えましたが、その後、狙われたのは、高見沢愛香となり、容疑者は、緒方社長と考えました。今も、他に容疑者はありません。その緒方社長が、電話してきて、松山の高見沢愛香が心配だといいました。驚きはしましたが、だからといって、われわれは、緒方社長を容疑者から、外したりはしませんよ。犯人が、狙う相手を心配する様子を見せるのは、珍しくありませんからね」

と、十津川はいった。

「私のことは、疑っていないんですか？　てっきり警察は、私も疑っていると思っていたんですが」

「四国でずっと、彼女と一緒だったから？　今回の事件はそんな簡単なものとは思っていませんよ」

と、十津川はいった。

何となく、馬鹿にされている感じを受けた神崎は、

「どういうことですか？」

と、きいた。

「土讃線で起きたのは、明らかに爆発事件です。誰が見ても、はっきりしています。しかも、乗客が一人死んでいます。しかし、不思議なことに、爆発物がわからない。破片も見つからない。不思議な事件です」

「使われたのは、プラスチック爆弾じゃありませんか？　どんな形にでも成形できますから」

「しかし、痕跡は残りますよ」

と、十津川は、いった。

2

午後五時過ぎに、愛香が、ホテルに帰ってきた。十津川と亀井、それに神崎の三人が、自分を待っていたことに、驚いた様子だった。

「緒方社長が五月の土讃線のことがあるので、心配されましてね。私も、こちらの亀井刑事も、たまたま非番でしたし、亀井君も俳句が好きなので、旅行がてら、お邪魔にあがりました」

と十津川が笑顔でいった。

「あなたも、社長にいわれて？」

愛香が、神崎を見る。

「私は勝手についてきたんで、社長とは関係ありません」

といった。

愛香は、笑って、

「心配してくださって、申しわけないんですけど、心配なことなんか、全くないんですよ。社長にも、大丈夫だからって申し上げているんですけどねえ。でも、わざわざ心配して、松山まで、来ていただいたので、今日の夕食、ご馳走《ちそう》させていただきます」

と、いう。

このホテルの中華レストランが有名だということでそこの個室で、四人で夕食を共にすることにした。

食事をしながら打ちとけた話になった。

「この松山は、俳句が有名で、観光客のために、市内に何か所も投句のポストが置かれているんです。三か月に一回、その審査会があるんですが、今日がその日で、審査の模様を見てきました」

と、愛香が楽しそうに、報告する。

それを受けて、十津川は、

「実は、亀井刑事は、前に、松山に来たことがあって、その時に、投句をしているんです。それが、特別賞になりましてね」

「ぜひ、どんな句か聞かせてください」

と、愛香が、いう。

亀井は、頭をかいて、

「本当のところを話しますとね、下手な句で、選にもれてたんです。それが、選者の中に、私のことを知ってる人がいましてね。現職の刑事が、そんな句を作るのが面白いということで特別賞を貰ったんです。小学生レベルの句ですよ」

「でも、どんな句か、知りたい」

と、愛香がいい、神崎も、はやし立てたので、亀井は、下手な句を披露することになってしまった。

へんろ道
子殺しの鬼母も
眼になみだ

「三歳の実の娘をいじめ殺した母親を逮捕したことがありましてね、何とか殺人で起訴したかったんですが、傷害致死にするのが勢一杯でした」

と、亀井がいった。

「しかし、調べてみると、一番悪いのは、男でした。子供を作っておきながら逃げたんですよ。女は子供さえいなければ、結婚してくれると思い込んでね」

「それで、その母親は、四国の遍路に出たんですか？」

「刑期を了《お》えたあと、すすめられた、四国八十八ヶ所めぐりに出かけましてね。その途中で手紙をくれたんです。今まで、泣いたことがなかったが、初めて涙が出たという手紙です」

「じゃあ、私も可愛《かわい》い子供を、皆さんに紹介します」

愛香が冗談まじりにいって、小さなリュックから取り出したのは、あの三十センチのロボット人形だった。

それを、ポンと、テーブルの上に載せた。

「あッ」

と、神崎が声をあげたのは、五月の事件を思い出したのだ。

「あのときも、社長に言われて、そのロボット人形を持って旅行してましたね？」

と、愛香に、いう。

「ええ。どうしてもわが社製作の自慢のこれを持っていけといわれたんです」

「大変、秀れた能力があると聞きましたが」

と、十津川が、いった。

「そうです」

と、神崎が、十津川に向かって、

「何しろアメリカ最大の軍需企業といわれるアメリカンECが、このロボット人形の性能に惚れて、我が社に提携を申し入れてきたくらいですから」

と、神崎が、いった。

「しかし、爆発現場には、ありませんでしたね」

十津川が、神崎と愛香の二人を見た。

「小さなロボット人形ですから、あの爆発で、吹き飛んでしまったんだと思います」

と、愛香が、いう。

「何故、緒方社長はこのロボット人形を、あなたに持たせたんですか？　実際には、何の役にも立たなかったわけでしょう？」

と亀井がいった。

「でも、凄い力を持っているんですよ」

神崎が、力説する。

「しかし、ロボットだから、善悪や、敵味方の区別が、つかないんじゃありませんか。それなのに、どうして、社長は、あなたに持たせたんですかね？　何か、このロボット人形特有の扱い方があるんですか？」

これは、愛香にきく。

「私に持たせる時、社長が、教えてくれました。私は、社長秘書なのに、このロボット人形の性能も、操作方法も知らなかったんです。そんな私に、社長は、ごく簡単だといいました。人混みでは、その背中の赤いボタンを押せばいい。そうするとロボットは、攻撃を止めて、防御だけになる。絶対に周囲の人間を攻撃せず、自分の傍にいる人間を、徹底的に守る。もし、閉ざされた空間や、人混みに入った時は、背中の赤いボタンを押して傍に置いておけば、必ず君を守ってくれる。だからあの時も、今日も、社長が持たせたんだと思います」

「あの時も、赤いボタンを押して傍に置いてあったんですね？」

「ええ、そうですが……」

と、愛香が肯く。

十津川は、愛香の奥歯にものがはさまったような言い方が気になったが、

「このロボットを、一週間ほど、お借りできませんか。調べたいことがあるので」

と、愛香に、いった。

「それは、構いませんけど、調べた結果はちゃんと、報告してください。自分の会社で作ったものが、警視庁に認められたら、きっと、喜ぶと思います」

と、愛香が答えた。

3

身長三十センチのロボット人形は、科捜研に運ばれた。

実験が開始され、十津川は、その報告を待つことにした。

実験に当たるのは、五人の技官。リーダーは、太田《おおた》という五十二歳のベテランである。

太田の最初の報告は、「とにかく、素晴らしい能力を持っている」と、いうものだった。

「攻撃力、防御力も素晴らしいが、攻撃力が勝っているね。生身のアメリカ兵一人よりも、攻撃力がある」

「だから、アメリカンＥＣがそのロボットを見て、ロボットを作った日本の会社に業務提携を、申し込んだそうです」

「アメリカンＥＣといえば、アメリカ最大というより、世界最大の兵器製造会社だよ。その会社が、驚いたのだろう。大変なロボットだ」

と、電話で、太田が、いう。

「具体的に、どんな能力ですか？」

「簡単にいえば、ロボット自体が、さまざまな兵器に変化するんだ。大砲にもなれば、ロケットにもなる。その場の状況によって攻撃力も調整できるようだ」

「爆弾にもなりますか？」

と、十津川が、きいた。

「ああ、爆弾にもなる」

「時限爆弾は、どうですか？」

「ロボットの中に、精密時計も内蔵されているから十分に可能だよ」

と、太田技官が、答える。

「どんな種類の爆弾なんですか？　プラスチック爆弾ですか？」

「それがはっきりしないんだ。多分、もっと高度な爆発物だよ」

と、太田はいった。その声の調子には、驚きというより、恐れのような感じがあった。

次の連絡は、「わからない」という言葉だった。

「何がわからないんですか？」

「最初から、こちらの動きに対して、反応していたんだが時間が経つに従って、その反応が、強くなっていく感じなんだ。なんだか、ロボット自体が、学習しているような気がするんだよ。こちらの指示どおりに動いていたかと思うと、突然反抗的になったりするんだ。それが、工場で作られている時から、プログラミングされているのか、ロボット自体が学習して、変身していっているのかが、わからないんだよ」

「ロボット人形を作った緒方精密電機は、どういっているんです？」

「向こうの技術部長は、ロボット人形の持ち主の命令に従うように作られていて、反抗するとは考えられないというんだ。しかし、私から見て、ロボット人形が、少しずつ変化しているのは、明らかだよ」

と、太田は、繰り返す。

「だから、ロボットが、自ら学習していると、考えられているわけですね？」

「実は、そこが、はっきりしなくて、困っているんだ。ロボット自体が学習しているのか、最初から、少しずつ反抗していくようにプログラミングされているのか、判断がつかなくてね」

太田技官は、いつも、自信満々で、時には、独断的な態度を取ることもある男だった。その男にしては珍しいと、十津川は思った。

十津川は、将棋のプロ棋士と、コンピューター将棋のプログラムとの対決を見に行ったことがある。

結局、コンピューター側が、勝ったのだが、その時プロ棋士の一人がいった言葉を、今も、十津川は覚えていた。

「同じ会社が作ったコンピューター〝棋士〟だから、能力は同じだろうと思っていたんですが、個性があるんですよ。四間飛車《しけんびしや》が得意なプログラムもあれば、角交換が得意なプログラムもあるんです。つまり、プログラム自身が学習して、腕を磨いているんです。これじゃあ、われわれプロ棋士は、敵《かな》いませんよ。コンピューターと、人間では、学習のスピードが、全く違いますから」

これが、コンピューター将棋に敗れたプロ八段の棋士の言葉だった。

「危険だったら、ロボットの背中にある赤いボタンを押すと安心だそうですよ。全てが攻撃から、防御に変わりますから」

十津川がいうと、

「明日、その実験をしてみることにしている。何といっても市販するオモチャだから、安全装置が付いていなければ、おかしいんだよ」

と、太田は、いった。

そして、三日目。

十津川が、知らされたのは、科捜研の実験室で、爆発があったということだった。

知らせてきたのは、太田技官である。

「今、爆発で、混乱している。沢田《さわだ》という技官一人が負傷して救急車で運ばれたが、重傷だ」

「何が、爆発したんですか？」

十津川がきくと、太田が電話の向こうで、怒鳴った。

「決まってるだろう！　あのロボット人形だよ！」

「背中の赤いボタンを押したんですか？」

「押したら、こうなったんだ！」

また、太田が、怒鳴った。

4

十津川は、亀井を連れて、科捜研に飛んでいった。

現場は、想像以上に、惨憺《さんたん》たるものだった。

実験室の壁は、頑丈にできているので、ひびが入っただけだったが、内部の器物、実験道具は、全て破壊されてしまっている。

二人を迎えた太田技官も、頭に包帯を巻いていたが、そこに血がにじみ出ていた。

彼の下で働いていた技官たちの一人は重傷で救急車で運ばれ、他の者も、全員、負傷していた。いや、一人だけ、全く無傷な技官がいた。

その矢野《やの》技官が、十津川に説明した。

「太田さんが、ロボットの背中の赤いボタンを押して、観察することにしたんです。まず、ロボットは、動かなくなりました。反応しなくなったんです。攻撃的な動作を、全くしなくなったので、赤いボタンを押した結果かなと考えました。太田さんが笑って、『攻撃的でなくなるのはいいが、壊れてしまうのは困るな』と、いったんです。その五、六分後に、突然、爆発が起きたんです。眩《まばゆ》いばかりの閃光《せんこう》が走り、爆風が起きて、思わず、目をつぶってしまったんですよ。目をあけたら、ご覧の通りです」

「ロボットが爆発したんですか？」

「他に考えようがない」

と、太田が、いった。

「じゃあ、その破片は、回収したんですか？　回収しないと、爆発の原因が、わからないでしょう」

「その破片が、見つからないんだよ」

「見つからないって、どういうことですか？」

「ロボット自体が、消えてしまったんだ」

「よくわかりません。ロボットが爆発したのなら、破片が飛び散ってる筈でしょう」

「どういったらいいのかね」

と、太田は、考えていたが、

「原子爆弾というのがある。その爆発の原理は、アインシュタインの式 $E=mc^2$ で簡単に説明できる。物質の持つ質量が全てエネルギーになったのが原子爆弾だろう。それと同じことが、この実験室で起きたんじゃないか。ロボットは小さくて質量としても小さいから、$E=mc^2$ となっても、原子爆弾にはならなかった。だが、物質が全て、エネルギーに変化してしまえば、物質は消える。だから、ロボット人形も消えてしまったんじゃないか」

「原子爆弾なら、放射線が出ているんじゃありませんか」

「もちろん、それも調べたよ。だが、放射能は、ゼロだ」

「おかしいじゃありませんか」

十津川がいうと、太田は小さく、首を横に振って、

「今から、七十年以上前に人類史上初めて、原子爆弾が、ヒロシマとナガサキで、使用された。その時でも、放射能の量は、違っていた。原子爆弾の使い方によって、放射能の量は変えられたんだ。もう一つ、どのくらい小型化できるのか、核保有国

が、争っている。戦争中でも、マッチ箱一つ分の大きさで、巨大軍艦を吹き飛ばせるといわれていたから、三十センチの大きさでも、今日みたいな爆破力は、持たせられる筈だよ」

「それでは、緒方精密電機が小さな原子爆弾を作ってロボット人形の中に、組み込んだというわけですか？」

十津川の声も、緊張で、ふるえていた。

「いや、それは、まだ、断定できない。今のところは、原子爆弾の爆発に似たことが起きたというだけで、証拠はないんだ。ロボット人形自体が、消えてしまっているからね」

「緒方精密電機に、きいてみたらどうですか」

と、亀井が、きいた。

「もちろん、確認した」

「それで、回答は？」

「一言の下に、否定された。オモチャにそんな危険なものを組み込む筈はないでしょう、うちにはそんな力もありませんよと、いわれてしまった」

「緒方精密電機には、その力は本当にないと思いますか？」

「それはわからん。原子爆弾の作り方なんていう記事がインターネットで読める時代だし、日本の原発で、発電に伴って溜まっていくプルトニウムは原子爆弾の原料だからね。緒方精密電機に作れないと断定はできない。作っているということもね」

「困りましたね」

と、十津川は、いったあと、ふと、思いついて、太田たちに、爆発があった時の状況を、再現してもらうことにした。

赤ボタンを押して、ロボット人形を置いた位置、軽傷を負った太田の位置、重傷で病院に運ばれた沢田技官の位置には、亀井刑事に立ってもらった。

最後は全く無傷だった矢野技官の位置。

その配置図を十津川は、何枚も、スマホで、撮った。

撮りながら、十津川は、

(似ている)

と、思った。

五月十四日に、「四国まんなか千年ものがたり」号車内で起きた爆発事件である。

あの時の、乗客の位置は、徳島県警から送られてきて、十津川たちは、何回も見ていた。

その人間の配置とそっくりなのだ。

ロボット人形の置かれた位置。

そのすぐ横にあたる高見沢愛香の位置に、矢野がいた。

列車の中で、一人だけ亡くなった川口武の位置に、こちらでは、重傷を負った沢田がいた。

それは、二つの事件で、爆風の走った方向が、同じだということだった。

これは、いったい何を意味しているのだろうか？

「もう結構です。楽にしてください」

と、十津川が、いった時、太田技官のスマホが鳴った。

応答した太田が、青ざめた顔でいった。

「今、病院から電話で、沢田君が亡くなったとのことだ。おれは、これから病院に行ってくる」

と、もう一人の若い技官を連れて、飛び出して、いった。

十津川は、亀井を見た。

「残る疑問は、ロボット人形の赤いボタンだな」

愛香は、背中の赤いボタンを押せばロボットは、攻撃を止め、防御に徹するという、今日その実験をしたのだ。そして、爆発した。

緒方社長が、嘘を教えたのか、愛香が、勘違いしたのか。

二人は、パトカーに戻り、まず、緒方精密電機の社長に会いにいった。

今日の実験結果については、しばらく、秘密にしておくことにした。

「松山で、高見沢さんに、会ってきましたよ」

と、十津川がいった。

「彼女から聞きました。わざわざ、松山まで行っていただいて、恐縮しています。明日、何事もなく、帰京するとのことです」

緒方が、笑顔でいう。

「社長、お守りだといって、ロボット人形を、彼女に持たせましたね？」

「ええ。玩具ですが、性能がよくて、お守りになるんですよ」

「高見沢さんは、ロボット人形の背中にある赤いボタンを押すと、攻撃型から、防御型に変わるといっていましたが、間違いありませんか？」

「彼女が、そういったんですか？」

「違うんですか？」

「違う。一回押したら、より攻撃的になるんです。防御型にするには、二回押さなければ駄目なんですよ。大事なことだから、何回も念を押したんですがね。すぐ、電話しないと」

「いや。高見沢さんは、ロボット人形は、使うことなしに、帰京する筈です」

と、十津川はいった。

そのあと、じっと、緒方を見つめた。

5

十津川は、密かに、愛香に会うことにした。

そのため、捜査本部に来てもらうのではなく、また、緒方社長にも知らせずに、わざわざ都内ではなく、横浜市内にした。

もちろん、神崎にも知らせていない。

十津川の大学の同窓生が、横浜市内で、カフェをやっていた。一日だけ、臨時休業にしてもらって、その二階で、会うことにしたのである。

そんな大袈裟な手段を取ったのは、愛香は命を狙われており、犯人は緒方だと、十津川は見ていたからである。

しかも、その危険は、近づいていると考えたからだった。

問題は、緒方が、愛香を殺そうとしている確証だった。だから、内密に、緒方に知られずに捜査する必要があるのだ。

午後三時、約束の時刻に、愛香は、やってきた。

十津川は、彼女を、二階に案内した。

窓には、厚いカーテンを引いた。

今日は、愛香ひとりとの大事な話し合いなので、十津川は、亀井の代わりに、女性刑事の北条早苗《ほうじようさなえ》を連れてきていた。

最初の会話はその北条に委せることにした。

「今日は、わざわざ、横浜まで来ていただいて、申しわけありません」

と、北条が、愛香に話しかけている。

「緒方社長にも黙って、ということでしたが、何故でしょう？」

「警察の捜査というのは、秘密主義で申しわけありません」

「関係者が、口裏を合わせるのを、防ぐためなんですね」

「まあ、そんなところです」

と、北条は笑って、

「社長さんとは、来年、結婚なさるんでしたね？」

「社長には、来年四月に結婚したいといわれました。多分、私の年齢を考えてのことだと思います」

愛香も、笑顔で、答える。

どんな家庭を作りたいかといった話になったあと、十津川が、北条に代わった。

「今日は、わざわざ、横浜までご足労願って、申しわけありません」

と型通りのあいさつをしてから、

「お借りしたロボット人形ですが、背中の赤いボタンを押すと、攻撃型から、防御型になるといいましたね？」

「ええ。社長から、心配になったら、赤いボタンを必ず押すように、何回もいわれました」

「五月の四国旅行の時も、同じロボット人形を持っていったんでしたね？」

「ええ。あの時も、社長が、下手な用心棒より役に立つからといって、強引に持たせたんです」

「『四国まんなか千年ものがたり』という観光列車でしたね？」

大事なことなので、十津川は、確認する。

「ええ。三両連結で、全車グリーン車という面白い編成です」

「土讃線を走っているが、途中駅から、途中駅までという、これも異色な運行ですね？」

「ええ。普通の観光列車なら、終点は高知なんでしょうが、大歩危までですから」

「その時、ロボット人形を、持っていたんですよね？」

「はい。社長から、いつも傍に置いておくようにいわれていましたから」

「これは、大事なことなので、はっきり答えてください。その時、ロボット人形の赤いボタンを押したんじゃありませんか？」

「ええ。もちろん」

「どうして、押したんですか？」

「最後の日でしたし、三両編成なのに、乗客が一杯だったので、ロボットが危険な動きをしたら大変だと思って、ボタンを押しておいたんです。そうすれば、攻撃性がなくなって、大人しくなると、社長に教えられていましたから」

「最初は、別の原因による爆発事件かと思われましたが、どうやらロボット人形自体が、爆発した。乗客の一人が死亡し、あなたも軽い火傷を受けてしまった。おかしいとは思いませんでしたか？」

　十津川がきくと、

「思いましたとも。ロボット人形を持たせた社長に、無性に腹が立ちました。だから、社長に文句をいいました。当然でしょう。間違ったことを教えてそのために、関係のない乗客が死んでしまったんですから」

　愛香は、激しい口調で、いった。

「それに対して、緒方社長は、何と答えたんですか？」

「実は私、先日松山でお会いした時、お話ししなかったことがあるのです。会社の秘密事項に関わることかもしれないと思ったからです。と申しますのは、五月に、私に持たせたロボット人形は、試作品で、調べたら、その製造工程で、配線を間違えたことがわかったというんです。それで赤いボタンを押すと、防御の方向に電流が流れず、攻撃の方に流れてしまったのではないか、今調査中だ。その点、今回渡したロボット人形は、何度も実験を繰り返したから、間違いないといわれました」

「しかし、今回は、ロボット人形の背中の赤いボタンは押さなかったんですね？」

「はい」

「何故です？」

「だって、五月の事故のことがありますから。社長の言葉は信用しても、同じ型のロボットの同じ赤いボタンですよ。押す勇気がなくて、何もせずに、そのまま持ち歩いていたんです」

と、いってから、愛香は、

「警察は、実験されたんでしょう。その結果を、教えてくれませんか」

と、十津川を見た。

十津川は微笑した。

「何の問題もありませんでしたよ」

と、嘘をついた。

この実験の結果は、しばらくは、公表しないことにしたのだ。死者が一人出たことである。

「そのことは、社長も心配していらっしゃるので、警察の方から、知らせてもらえるんですか？」

と、愛香が、きく。

「明日、われわれから、必ず、緒方社長に知らせます」

十津川は、約束した。

6

翌日、十津川は、今度は、亀井刑事を連れて堂々と、緒方精密電機本社に出かけて、緒方社長に、会った。

「今日は、殺人事件の捜査の一環で、伺いました」

と、十津川は、いきなり緒方にぶつけた。

「ああ、五月に四国で起きた爆発事件でしょう。しかし、わが社とは、何の関係もないと思いますが」

緒方は、白を切る。

「いや、私がいった殺人事件というのは、東京で起きた事件のことです」

「東京の事件とは？」

「緒方精密電機が作ったロボット人形と関係がある事件です」

「よくわかりませんが……」

「では、五月の四国の事件についてでも、構いません。高見沢さんの証言によれば、五月十四日の日曜日、観光列車に乗ったが、満席だった。狭い車内に、多勢の乗客が乗っているので、もし、ロボットが間違って攻撃的な動きを見せると困るので、あなたにいわれた通り、赤ボタンを押しておいたら、大人しくなるどころか、爆発を起こし、乗客一人が死に、当人も軽い火傷を負ってしまった。それで、帰京すると、あなたを非難したというのです。これは事実ですか？」

「それは、事実です」

緒方は、肯く。

「高見沢さんの話によると、その時、あなたは、次のように答えたというのですよ。君に持たせたロボット人形は試作品で、実は、工場で作られている時、間違って電流の流れる方向を反対にしてしまった。それを知らずに君に渡してしまった。大変に申しわけないことをしてしまったが、今回渡したものは、間違いないものだと説明されたというのです。これは、事実ですか？」

十津川は、真っすぐに、緒方を見つめてきいた。

それに対して、緒方は、

「参ったなあ。そんなことをいったんですか」

と、手を広げ、

「参ったなあ」

を繰り返した。

「それは、彼女が嘘をついているということですか？」

「何故、そんな嘘をついたのかわかりませんがね。うちは、ロボットについては、先端を行っている会社ですよ。試作品だからといって、電流の流れる方向を反対に作ってしまうなんてことは、考えられないでしょう。試作品だろうが、何百回、いや、何千回と、検査をしますよ。当然でしょう」

「ロボット人形の背中の赤ボタンを押せば、攻撃性が消え、完全に防御的になると、あなたに教えられたので、五月の旅行では、列車内で、赤ボタンを押しておいたら、あの爆発が起きてしまったと、高見沢さんは証言しているんですが、このことについては、どう思いますか？」

「それも、嘘ですよ。本当に参りましたね」

「どう嘘をついていると、いうんですか？」

と、十津川は、きいた。

「私は、ロボット人形を彼女に渡す時、その扱い方を繰り返し、教えたんですよ。技術部長と一緒にね。何か危険な目にあって、相手を攻撃したいなら、赤ボタンを一回押す。逆の場合は、二回押しなさいと、何度も、教えました。それなのに、高見沢君は、間違えて、一回だけしか押さなかった。それで、爆発が起きてしまったんですよ。あれほど、繰り返し説明したのに、何を聞いていたんですかね」

「それは、間違いありませんか？」

「間違えるも何も、うちが開発したあのロボットは、そう設計されているんです。試作品だから、電流が逆に流れるなんてことは、絶対にありません」

「しかし、高見沢さんは、あなたが、そう弁明したといっていますよ」

「ああ」

と、緒方は、急に小さく叫んで、

「彼女が、そんな嘘をいう理由がわかりましたよ」

「どうわかったんですか？」

「五月の旅行に出発する時、何回もいいますが、私はロボット人形を持たせて、何度も、その扱い方を教えました。技術部長も一緒にね。自分が、誰かに攻撃されそうになったら、赤ボタンを一回押す。逆にロボット人形を、大人しくさせたかったら、二回押せとね。しかし彼女は、私と技術部長の注意を上の空で聞いていたから、四国の観光列車の中で、一度しか、赤ボタンを押さなかった。だから、爆発した。その間違いを隠そうとして、私が、妙な弁明をしたみたいに警察にいったんでしょう。ロボット人形が、試作品だったから、設計通りにできていなかったなんて嘘をついたんですよ。第一、まだあのロボット人形は、市販されていなくて、全て試作品ですよ」

「試作品は、いくつ作られたんですか？」

「十二体。一ダースです」

「いつ、市販される予定ですか？」

「そのことですが、五月十四日に、爆発事件を起こして、乗客一人が、死んでいますからね。出力が大きすぎて、玩具としては、不合格じゃないかと思うようになっています。そこで、玩具としての販売は、中止しようかなと、考慮中です」

「製造も止めるんですか？」

「玩具としては、製造を中止しますが、ロボットとしては、逆に、これを参考にして、もっと、精巧で出力の高いものを作ろうと思っています」

「それは、アメリカンＥＣとの関係からですか？」

と、十津川は、きいた。

「警部さんのいいたいことは、わかりますよ。平和国日本が、アメリカの軍需企業と結びついてどうするんだというわけでしょう」

「アメリカンＥＣと提携するんですか？」

と、十津川は、きいてみた。

「十津川さん。日本だって、大手企業なんかは、防衛省の仕事で、大いに儲けているんですよ。うちなんかは、小さなものです。今回、アメリカンECとの提携というチャンスをつかんだんですよ。それを見逃したら、うちの将来は、ありませんよ。それにですね」

と、緒方は、熱っぽく喋る。

「今、世界は、軍拡に動いています。平和国日本だって、防衛費を大きくしているじゃありませんか。うちにとっては、チャンスなんです。それに、武器の研究を、戦争にばかり結びつけるのは、間違いですよ。原水爆の研究の結果、その威力が強大になりすぎて使えなくなり、今では、戦争の抑止力になっているじゃありませんか」

十津川が遮っていう。

「しかし、今は、小さい使いやすい原子爆弾を、世界中が研究しているわけでしょう。あなたが、アメリカンECと提携して研究しているのは、いわば、小型の原子爆弾、小型の兵士じゃないんですか。つまり、使いやすい武器ですよ」

「困りますね。そう悪い方にばかり考えられては」

「ところで、今日は、ロボット人形を開発担当した技術部長にも、お会いしたかったのですが、アメリカへ行っているということですね」

「仕事です」

「アメリカンECとの仕事ですか?」

「まあ、そんなところです」

「帰るのは、いつですか?」

「十月末、三十一日には、帰ってくることになっています」

「帰られたら、すぐ会いたいので、できれば、捜査本部に一緒においでいただけませんか」

と、十津川はいった。

7

捜査本部に戻ってから、十津川が、亀井にきいた。

「今日、ずっと、黙っていたが、緒方社長のこと、どう思った?」

「社長か、高見沢のどちらかが、嘘をついてますね」

と、亀井がいった。

「どちらが、嘘をついていると、カメさんは、思うんだ?」

「それはわかりませんが、真実味があるのは、高見沢の方だと思います。『四国まんなか千年ものがたり』号で爆発が起きた時、危うく死にかけています。もし、彼女が死んでも、その時緒方社長は、遠いハワイにいて、完全なアリバイがあって、安全です。そして、もし、高見沢が死ねば、自分の会社を自由に、アメリカンＥＣとの合併に持っていけます」

「来年の四月に、彼女と結婚するというのは、ジェスチャーか」

「動機を隠すのに、一生懸命なんでしょう」

「動機を隠し、アリバイを作って、四国で彼女が死ぬのを待ったが、上手くいかなかったということになるのか」

「警部はどう思っているんですか？」

今度は、亀井が、十津川に、きいた。

「ほぼ、カメさんの意見に賛成だが、緒方社長が、犯人だという決定的な証拠がない。だから、緒方が、四国旅行に行く高見沢愛香にロボット人形を持たせた時、一緒にいた技術部長に話を聞きたいんだよ」

「しかし、緒方のために、嘘をつくかもしれませんよ。何といっても、緒方の会社の人間ですから」

「だから、この技術部長について、調べてもらいたいんだよ。どんな人間か」

と、十津川は、いった。

小野恭一郎《きょういちろう》（五十歳）
緒方精密電機技術部長。同社のロボット開発研究室長でもある。
家族は妻明子《あきこ》、娘ひろみ。娘は結婚して、アメリカ在住。
趣味はゴルフ。

ここまでは、すでにわかっている。

社内での評判、どんな友人知人がいるか。経済状況などを、彼が帰国するまでに調べることになった。それも、緒方や高見沢愛香に知られずにである。

少しずつ、小野恭一郎についての情報が集まった。

東京・世田谷のサラリーマンの家に長男として生まれる。

父はすでに死去。次男夫婦が、母と一緒に暮らしている。

都内の高校を卒業。国立大の理科系に入学。大学院修了後、一時、文科省勤務。

その後、スカウトされた形で、緒方精密電機のロボット開発研究室に入り、二〇一〇年、アメリカンECに派遣され、五年間、ロボット工学について勉強したあと、帰国して、技術部長として、現在にいたる。アメリカンECとの関係は、その頃からである。

酒は、かなり強い。アメリカンECに、五年間いたので、英語で、論文を書いたこともある。その論文は「ＡＩと日本の行方」だった。

物静かで、部下を叱りつけることはほとんどなくて、社員の間の評判はいい。ただ、意外に冷たいという一部の声もある。彼と同期で、緒方精密電機に入った友人が、社長と意見が合わず、馘首《かくしゅ》された時、彼のために、社長に働きかけることが全くなかったからだという。

緒方社長は、彼を信頼していて、「わが社の宝」と、称賛したことがある。

借金はない。一時、株をやっていたが、自分には向いていないとわかって、今は止めている。


十月三十一日。

十五時二十七分到着予定の日航機で、小野技術部長は帰国することになっていたので、十津川と亀井は、成田に迎えに行った。

空港には、緒方社長、小野の妻明子が、迎えに来ていた。

少し離れた場所に、高見沢愛香の姿もあった。

問題の日航機は、予定より二十分あまり遅れて、到着した。

乗客が次々に、降りてくる。

だが、小野技術部長は、なかなか出てこない。

最後の一人が、出てきても、小野の姿はなかった。

乗っていなかったのだ。

十津川は、緒方社長、小野の妻明子、そして、高見沢愛香に注目した。

ロサンゼルス――成田の直行便である。

この便の乗客名簿に、小野恭一郎の名前があることは、十津川も、確認していた。

それなのに、乗っていないということは、出発直前に、搭乗を中止したのだ。

その確認のために、緒方社長と、小野明子は、日航カウンターに急ぐ。高見沢愛香は、行こうとした足を止めてしまった。

亀井が、日航カウンターに行き、事情を確かめて戻ってきた。

「どうやら、小野恭一郎は、出発直前に、搭乗を止めたようです。今のところ、それだけしかわかりません」

と、亀井が、報告した。

「向こうの二人、特に、緒方社長の様子を見ていてくれ」

と、十津川は、亀井に指示してから、高見沢愛香に近づいていった。

背後から肩を叩き、振り向いた愛香に、

「小野技術部長を迎えに来たんですか」

「ええ」

「どうして？」

「何故、社長と一緒になって、あんなことをいったのか、ききたかったんです。でも、到着便に、乗ってなくて」

「ロス空港を出発直前に、搭乗を止めたそうで、それ以外のことは、わからないようです」

「社長が、帰ってくるなと、命令したんでしょうか？」

「何のために？」

「私に、本当のことを話させないためにです」

「緒方社長に、直接、きいてみますか？」

「止めておきます。本当のことをいわないに、決まってますもの」

と、いう。

緒方社長たちが、こちらに来そうなので、十津川は、愛香と、近くのカフェに移動することにした。

亀井には、スマホで連絡し、この店の名前を伝えた。
五、六分して、亀井が、入ってきた。
「あの二人は、どうした？」

と、きくと、

「揃って、タクシー乗り場に消えましたよ」

「二人が、どんなことを話していたかを知りたいが、無理だろうね」

「それは、無理です。声の聞こえる距離までは、行けませんでしたから。ただ、ほとんど、緒方社長が話していましたね」

と、亀井が、いう。

十津川は、愛香を見て、

「嫌な質問をしてもいいですか?」

と、きいた。

「緒方社長のことでしょう」

「まだ、結婚するつもりですか?」

十津川がきくと、一時《いっとき》の間があってから、

「今は、そのことは、考えないことにしています」

と、愛香が、いった。

十津川のスマホが、鳴った。

相手は、神崎だった。

「今、成田空港でしょう」

と、神崎が、きいた。

「どうして、知っているんです？」

「今日の午後三時二十七分成田着の日航機で、小野技術部長が帰国することは、みんな知っていますからね。警察も、注目していると思いましてね」

「もう、到着していますが、何故か、小野技術部長は、乗っていませんでした。出発直前に、取りやめてしまったようで、理由はわかりません」

「緒方社長は、迎えに行ってましたか？　姿がなければ、社長の指示ですよ」

「残念ながら、迎えに来てましたよ。小野部長の奥さんも。ところで、どこから、掛けてるんですか？」

「会社からに決まってるじゃありませんか。緒方精密電機の社員ですからね」

と、神崎は、いう。

十津川は、愛香に目をやって、

「神崎さんですが、出ますか？」

「出ます」

と、いい、愛香は十津川のスマホを受け取ると、

「小野技術部長を迎えに来たんだけど、乗っていないの」

「――」

神崎の声は、聞こえない。そのため、一方的に、愛香が、喋っている感じだった。

「ロス空港まで来たらしいんだけど、搭乗寸前に中止したらしいわ。きっと、誰かが、乗るなと指示したんだと思う」

「――」

「それを命令できるのは、緒方社長しかいないと私も思うんだけど、何故、乗るなと命令したのかわからないのよ」

「――」

「ええ。刑事さんは、来ているけど、だからとは思えない。かえって、疑われてしまうことぐらい、社長だってわかる筈。頭のいい人だから」

「――」

「私としては、どうしても、小野技術部長に会って、話をしたいんだけど、社長は私には会わせない気だわ」

「――」

「このあと、どうすれば、小野さんに会えるか、調べてくださらない。お願いするわ」

愛香は、そこで電話を切った。

第六章

追いつめる

1

十二月一日に都内のホテルで、緒方精密電機株式会社の臨時株主総会が開かれることが決まった。

緒方が、取締役会に諮《はか》って、急遽《きゅうきょ》、開催を決めた、臨時株主総会だった。

そこでは、「三本の柱」という、会社の方針を発表することになっていた。
一、会社名を、緒方精密電機株式会社から株式会社ニホンデンキに改称する。
これに合わせて、現在の二割の増資をし、その株式は、全て、ニホンデンキ所有とする。
一、株式会社ニホンデンキの社長は、当分の間、現緒方精密電機株式会社の社長緒方秀樹とする。
一、名称を、現代的に変更するのを機に、社内の古き慣例などは、全て廃止する。
この三本柱を確立させるための細部については、社の管理部門と、顧問の法律事務所に委託することとする。

この案内状を、まだ公表される前に、十津川に見せてくれたのは、神崎である。

神崎は、ただ、案内状を、持ってきてくれただけではなく、十津川に、会社のこと、特に、愛香のことを、相談しにきたのだった。

「この臨時株主総会は、明らかに彼女狙いです」

と、神崎はいう。

十津川は、案内状を持ってきてくれたお礼に、カフェで、コーヒーを奢《おご》った。

「しかし、二人は来年結婚するんでしょう」

「それがここにきて、彼女が、結婚を、渋り出しているようなんです」

「理由は、何ですか？」

「一応マスコミには、今更、結婚も面倒くさい。どこか、静かな所で、呑気《のんき》に、ひとりで、暮らしたいと思ったりするといっていますが、本音は、ここにきて緒方社長が信じられなくなったんじゃありませんかね。ただ、彼女が、結婚しないとなると、緒方社長が書いた誓約書が、問題になってきます」

「もともと、緒方精密電機という会社は、『ひとりファンド』の山野辺敬という資産家がいて、彼の多額な資金提供で、町の中小企業から、現代的な株式会社になったそうですが、その山野辺氏は、高見沢さんを溺愛《できあい》していて、自分の死後のことを心配して、緒方社長に、誓約書を書かせたと聞いていますが」

「現在の緒方精密電機の資産の半分は、彼女のものだという誓約書のことですね」

「二人が結婚しないとなると、その資産は、どうなるんですか？」

と、十津川は、きいた。

「結婚がダメになっても、すぐ、会社の資産の半分をよこせと、彼女はいわないでしょう。ただ、会社の経済的な基盤は弱くなりますね」

「そのための臨時株主総会ですか」

と、十津川は案内状に目をやって、

「ずいぶん苦労している感じを受けますね」

それに対して、神崎は、笑った。

「社名を変えたり、とにかく、会社の資産は会社のものだと主張して、簡単には、個人が勝手にできないことにしようとしています。結婚がダメになった時、彼女の影響力を、最小限に抑えたいというわけでしょう」

「まあ、一番簡単なのは、高見沢さんが死んでしまえば、いいわけでしょう。彼女には、これといった身寄りがいないようだから」

十津川が、ずばりというと、神崎は一瞬、「え？」という顔をしてから、

「十津川さんも、思い切ったことをいいますね」

「神崎さんもそれを心配して、わざわざ、この案内状を持ってこられたんでしょう」

「実は、その通りです」

と、神崎は、肯いてから、

「十津川さんも、実は、四国旅行の時、彼女が、狙われたのではないかと、考えておられるんでしょう？」

「その可能性はあると思っています」

「もっと、うがった見方をすれば、『四国まんなか千年ものがたり』号の車内で起きた爆破事件は、彼女を狙ったものではないかと、考えておられるんでしょう？」

「だが、証拠がない」

と、いってから、十津川は、続けて、

「徳島の祖谷渓で、高見沢さんに外見がよく似た女性が殺された事件も、視野に入れていますよ」

「私も、同行していたので、気になっていました。彼女と同じ恰好だったので、殺されたのではないかと。その後、あの事件は、何か進展があったんですか？」

「徳島県警の話では、捜査の進展がなく、困っているといっています。もともと、県警から見れば、他所《よそ》から来た観光客ですからね。もちろん、本名も、どこから来たかもわかっていますが、動機がわからない」

「どんな風にわからないいんですか？」

「個人的な理由で殺されたのか、観光客だから狙われたのか」

「もう一つ、考えられる動機があるんじゃありませんか？」

と、神崎が、しつこく、きく。

十津川は、答えて、

「高見沢さんに間違われたからでしょう。この動機がはっきりしたら、われわれは、犯人逮捕に動いていますよ」

「その場合は、犯人は緒方社長ですね？」

その神崎の質問には、十津川は、直接、答えず、

「緒方社長は、五月十日から、五月十四日まで、ハワイの会合に出席している。われわれは、このスケジュールに注目しています」

「つまり、アリバイ作りではないかということですね」

「専門的な会合なので、恋人の高見沢さんは、連れていかず、四国旅行を楽しむようにと、彼女にいったというのですが、こちらで調べると、そんなことはなくて、各国の出席者の中には、奥さんや彼女を連れてきた者も多かったとわかりました」

「その点は、私も確認しています」

と、神崎も、肯いた。

「もう一つ、その間、緒方社長が、緻密《ちみつ》なスケジュールを、高見沢さんから聞き出していることも、重視しました。スケジュール表は、あなたに作らせたんでしたね？」

十津川が、質問し、神崎は、肯いて、

「とにかく、やたらに細かいスケジュール表を社長が要求するので、最初は、びっくりしましたよ。泊まるホテル、乗る列車、それも、グリーン車なら、座席番号まで、知らせておくように社長にいわれましたからね。彼女のことが心配だからといわれて、納得したんですが、彼女だって、大人ですからね。自由な旅行の方が楽しいでしょうから、社長も、つまらぬ詮索《せんさく》をするものだと、思っていましたが、殺しのスケジュール表だと考えれば、納得できます」

と、神崎は、思い切ったことを、いう。

神崎は、続けて、

「自分は、五日間、ハワイで、アリバイを作っておいて、その間、殺し屋を傭って、四国旅行の途中で、殺させる。そのために、彼女の詳しいスケジュール表を、殺し屋に渡しておく。そんな風に考えたんですが、スケジュール表も、彼女のことが、心配だからといえば、別に、疑いは持たれません」

「神崎さんは、緒方精密電機の社員でしょう」

「そうです」

「緒方社長の側近でもありますね」

「側近じゃありません。単なる大学の後輩です」

「しかし、社長の信用があるから、高見沢さんの付き添いを頼まれたんでしょう」

「あるいは、私なら、社長のいいなりになると、見られたのかもしれません」

と、神崎は、いうのである。

十津川は、神崎に依頼して、五月十日から十四日まで、五日間の四国旅行の詳しい記録を改めて書いてもらうことにした。

これから、容疑者緒方秀樹を追うことになるのだが、神崎の記録が、その武器になるかもしれない。

2

十津川は、緒方精密電機の顧問弁護士の法律事務所へ行き、会社と、緒方個人について話を聞くことにした。

弁護士は、老練な林耕造《こうぞう》七十八歳。事務所は、大手町にある林法律事務所である。

十津川は、亀井と二人で、林法律事務所を訪ねたのだが、林は、会うや否や、

「これは、内密にお願いしますよ」

と、いった。

「それは、お約束します」

と、十津川が、約束すると、

「これからお話しすることは、緒方社長の無実を証明するために使ってください」

と、いう。

十津川は、苦笑して、

「緒方社長が、無実なら、自然と、そのために使われることになりますよ」

「それは安心ですよ。緒方社長には、人は殺せません」

「しかし、やり手で通っているんじゃありませんか。中小企業だったオモチャ会社を、一流のＡＩ企業にまで、育てあげたんだから」

「確かに、緒方社長は、やり手ですよ。だから気難しい山野辺さんも、協力する気になったんです」

「山野辺さんは、気難しい人でしたか？」

「一代で、巨万の富を築いた人ですからね。普通の考えなら、一代で巨大ファンドなんかできませんよ」

「そのファンドの主に、金を出させたんだから大したものです」

「確かに、緒方さんには、老人に好かれるところがありましたね」

「いわゆる人たらしですか」

「その通りです」

「ところで、問題の誓約書について、改めて拝見したいのですが」

十津川が、切り出すと、

「誓約書は、私が、お預かりしています」

林は、金庫から取り出して見せてくれた。

六年前の日付けになっているのは、会社の名前が、「緒方精密電機」に変わった時だからだろう。

形としては、緒方秀樹と、愛香の個人的な約束という形で、証人で、山野辺の名前が、記されていた。

「現在高見沢さんは、大株主という形になっているわけですね」

「その通りです。高見沢さんは緒方精密電機の株の四十パーセントを持っています」

それなら発言権もあるだろうし、会社の将来についての賛否を問う権利もある。

「今日、臨時株主総会が開かれますが、この通知は、もちろん、高見沢さんにも行っているわけですね？」

「もちろん、株主には通知しなければならないですから」

「彼女から、何かいってきましたか？」

「今のところ、何も」

「案内状を見ると、高見沢愛香という大株主の力を弱めようとしているように見えるんですが、それは緒方社長の気持ちの表れじゃないんですか？」

「そんなことは、全くありません」

「しかし、社名まで変えようとしていますよね」

「会社を大きく、国際的にしたいという願いだけです。臨時総会では、その点を、詳しく説明される筈です」

と、林弁護士は、いった。

この面談で、十津川には、ほとんど収穫はなかった。

そこで、十津川は、現在の愛香の気持ちを知りたくなった。

彼女に親しい親族はいないことはわかっている。十津川が、話を聞く相手として考えたのは、大学の同窓で、現在、赤坂のクラブのママをやっているきよ美という女性だった。

相手が女性のため、十津川は、女性刑事の北条早苗を連れて、会うことにした。

電話してみると、現在、住居が改築中で、赤坂のホテル住まいをしているというので、ホテルの方に出かけた。

ホテルのロビーで、会う。

「愛香のＰＴＡ」を、自負するだけに、最近の愛香のことを、よく知っていた。

「高見沢さんが、緒方社長との結婚に二の足を踏んでいるのは、事実ですか？」

と、十津川がきくと、きよ美は、あっさりと、

「結婚の話はもうゼロ」

と、いう。

「本人が、そういってるんですか？」

「実は、一昨日も、愛香と話したんですよ。以前は、嬉しそうに、社長との結婚を話してたんですけど、今は、怖がっていますよ」

「怖がっているんですか？」

「それも、当然だと思いますよ。殺されそうになったんですから」

「四国の観光列車『四国まんなか千年ものがたり』号の事件のことですね。高見沢さん自身が、自分が、狙われたといっているんですか？」

「もちろん、最初はそんなことは、全く考えなかったといってますよ。たまたま、自分は、巻き込まれたんだろうと思っていたそうです」

「それが、どうして、自分が狙われたと考えるようになったんですかね？」

「その始まりは、緒方社長が、急に結婚を急ぎ出したことですって」

「それが、疑いの始まりなんですか？」

「本人は、そういってます」

「どうも、ピンとこないんだが」

と、十津川が、いうと、北条が、

「それは、女の繊細な勘だと思います。高見沢さんは、危うく死にそうになったわけでしょう。それなのに彼の反応が、とにかく早く結婚しようじゃ、ちょっと引いてしまうんじゃないでしょうか」

「どうですか？」

と、十津川が、きよ美にきいた。

「まず、緒方社長は、自分が、彼女をハワイに連れていかず、四国の旅行に行かせたことを詫《わ》びるべきね。それなのに、とにかく早く結婚しよう、じゃ、今、刑事さんがいうように引いてしまうし、ひょっとすると、緒方社長が誰かに頼んで、自分を殺そうとしたんじゃないかと、疑ってしまうわね」

「確認しますが、高見沢さんは、本当に、緒方社長を疑っているんですか？」

と、十津川は、念を押した。

「疑っているというより、怖がっていますよ」

「もっと、わかるように、説明してくれませんか」

「問題は、使われた凶器なの。それを、愛香は、緒方精密電機から、護身用だといわれたロボット人形だと思っています。ただ、それを渡したのは、緒方社長と一緒に会った小野恭一郎技術部長で、背中のボタンを押せば、人形を持っている人間を守ってくれると、説明されたといっているんです。しかし、それは嘘で、背中のボタンを、一度押しただけでは、攻撃行動に出てしまう。人形を大人しくさせるには、続けて二度押さなければいけない。そのことを、小野部長は教えてくれなかったと、愛香は、いうのです。うっかり教えなかったのか、わざと教えなかったのか。とにかく、愛香は、『四国まんなか千年ものがたり』号に乗った時、小野部長の言葉を信じてロボット人形の背中のボタンを一度だけ押して、傍に置いておいたというんですよ。攻撃用の操作をしたんだから、彼女は、危うく殺されかけてしまった」

「それなら、小野部長を恨むんじゃありませんか」

「でも、愛香にいわせると、小野さんとは、何の利害関係もないし、第一会って話をしたことも、ほとんどなかったというの」

「そうなると、何故、小野部長が、ロボット人形の正しい操作方法を教えなかったかということになってきますね」

「それを確認したくて、愛香は、空港に迎えに行ったのに、小野さんは、何故か、乗っていなかったと、がっかりしてましたよ」

と、きよ美は、いう。

「それで、ますます、緒方社長に疑いを持ったということですか」

「だって、小野部長に、帰りの飛行機に乗るなと命令できるのは社長さんだけでしょう」

と、きよ美はいう。

「小野部長には、いつか話を聞きたいと思っています。緒方精密電機が、今日、臨時株主総会を開くことは、知っていますか？」

「ええ。もちろん」

「あなたのところにも、案内状が来たんですか？」

十津川が、きくと、きよ美は言った。

「そんなもの来る筈がないでしょう。株主でもないんだから」

「じゃあ、どうして、知ってるんです？」

「うちのお店には、大企業の社長さんや、偉い学者さんもよくいらっしゃるんですよ。その人たちの話を聞いていると、今の日本の経済がどうなっているか、よくわかるんですよ。緒方精密電機が社名を変えそうだという話も、お客さまの間で、というに話題になっていますよ」

と、きよ美は、いう。

そして、最後にきよ美は、ある噂を教えてくれた。緒方社長が、ひそかに同業の大企業ヤマトセイキとの合併を、計画しているという噂話である。

「その噂は、私も聞いたことがありますが、本当なんですか？」

と、十津川は、きき直した。

「ヤマトセイキの重役さんも、よく、うちの店を使ってくださるんですけど、その方の情報なんですよ。一年ほど前、緒方精密電機の方から、合併の打診があったんだそうです。今回、ニホンデンキと、社名を、カタカナにしようとしているのも、うちに対する呼びかけじゃないかと、ヤマトセイキでは、受け取ってるみたいですよ」

と、きよ美は、いう。

「しかし、社の大きさがかなり違うでしょう。それでも、ヤマトセイキには、合併するメリットが、あるんですか？」

と、北条が、きいた。

「これも、ヤマトセイキの重役さんの話ですけど、緒方精密電機は、小型の人型ロボットの分野で、日本では最先端をいっている。そこが魅力だと、いってましたよ。だから、緒方精密電機を合併する価値はあるんだと。私は、よく知らないんですけど、ヤマトセイキは、大企業だけど、人型ロボット、特に小型の人型ロボット部門が弱くて、現在、力を入れているんですって」

「ヤマトセイキ側に、合併のメリットがあるとして、緒方精密電機側には、どんなメリットがあるんだろうか?」

　十津川が、きくと、きよ美は、ニッコリして、

「それは、緒方社長の個人的な愛香対策ですよ」

「それなら、彼女と結婚すれば、悩みの大半は、解決するんじゃありませんかね。それなのに、社名を変えたり、大企業との合併を、何故考えたんですかね? こんなことは、緒方社長本人にきくべきでしょうが、正直な答えは、返ってこないと思うんです」

「それなんですけど、私も、気になって、一年前に、社長が合併を思い立つような出来事が何かあったのか、愛香にきいてみたことがあったんですよ」

　と、きよ美は、いう。

「それを、ぜひ、聞きたいですね」

「愛香の話では、一年前、正確には、一年半前なんだけど、昨年の春に、今回のハワイと同じ世界人型ロボット会議が、東京で、行われたんです。主催者は、緒方精密電機の緒方社長で、今回と同じ五日間、会場は、帝国ホテルと、箱根の別荘でした」

「それは、知りませんでした」

「毎年開かれていないからでしょうね。その時、主催の緒方社長は、茶道にならって、自分を、おもてなしの主人として、秘書の愛香は、その会議の間だけの夫人として、

世界から集まるお客の接待に当たる。緒方社長としては、彼女が喜ぶと思っての提案だったと思う。どうせ、結婚するんだからという気持ちもあったと思いますね」

「でも、彼女は、その提案を断ったんですか？」

「ええ。そうなんです」

「何故、断ったんですか？　単なる芝居なんでしょう」

「問題は、この時に使った箱根の別荘だと、愛香はいっています。海の好きな緒方社長は、沖縄に広大な別荘を持っていましたけど、東京の近くには、別荘を持っていなかったんです。一方、資産家の山野辺さんは、箱根に広大な別荘を持っていて、それを、愛香に与えていた。その別荘を、緒方社長は、勝手に、会社の別荘にして、世界のお客さんのおもてなしに使おうとしたんです。愛香は、そのことに不信感を持って、仮の夫人の役を、断ってしまったと、いってました」

「そのあと、緒方社長は、社名を、ニホンデンキに変える計画を立てたり、大企業のヤマトセイキとの合併を考えたりし始めたんですね」

「だと思いますよ。多分、緒方社長は、愛香と一緒になれない時のことを考えて、会社を渡さない方法を考えていたんじゃないかしら」

「高見沢さんを殺すことも緒方社長は考えたと思いますか」

「それは、私には、何ともいえません」

「十月に成田で会ってから、高見沢さんの行方がわからないのです。緒方精密電機にきいても、秘書を辞めたあとはわからないというし、マンションにも帰っていないのですよ」

「そうですか」

「心配していませんね。あなたは、一昨日も話したそうだから、彼女がどこにいるか知っているのではないですか」

「ええ。知っています」

と、きよ美が、いう。どうやら、ただ単に知っているだけではなく、彼女が、隠しているように思えた。

十津川は質問を変えた。

「どうなったら、高見沢さんは出てくるんですかね?」

「愛香は、小野部長さんが、日本に帰ってきて、証言してくれれば、それで、全てが明らかになる。もう狙われずにすむと思っていたんですよ。それなのに、突然、小野さんが帰ってこないとわかって、彼女は、怖くなったんです。だから、警察が小野さんの証言をとってくれたら、安心して、姿を見せると思いますよ。それまでは私も、彼女が今、どこにいるか、教えられません」

「わかりました」

とだけ、十津川は、いった。

きよ美の答えは、十津川にとって、予想されたものだった。十津川も、小野部長の証言が必要なことは、わかっていたからである。

小野は、現在、ロスにいる筈である。緒方精密電機にも、ロスの日本領事館にも、彼の行動把握を要請してあった。

十津川は、緒方社長が、小野に対して、しばらく、日本に帰ってくるなという指示を出しているのではないかという疑いを、持っていた。その間に、臨時株主総会を開いて、自分の立場を、万全なものにしようとしているのではないか。

そんな時、中央新聞が、十津川の大学同窓の田島《たじま》記者を、急遽、渡米させることを決めたと知った。

3

十津川は、明日、渡米するという、友人で中央新聞記者の田島に会いに行った。

田島は、渡米の支度をしていた。彼に、十津川は、こちらの希望を伝えた。

「警察としては、何としても、小野技術部長の証言が欲しいのだが、彼が日本に帰ってくる気配がない」

「緒方社長が、帰らせないと、思っているんだろう?」

「他に考えようがない。社長命令で、アメリカに行っていたわけだからね。われわれがアメリカに行って、小野から話を聞いてもいいんだが、緒方社長が、他へ移してしまうおそれがある」

「だから、私が代わりに向こうで小野部長から話を聞いてくれというわけか？」

田島が、笑う。

「君も、小野に会いにアメリカへ行くんだろう？」

「そうだが、警察の目的とは違うよ。ここにきて、緒方社長は、従来のK社から名前を変えたアメリカンECとの合併をやたらに希望している。向こうも、緒方精密電機に、触手を伸ばしている。AI企業としては、世界最大の企業が、何故、さして大きくない日本の企業に触手を伸ばしているか謎だったが、向こうが欲しいのは、緒方精密電機が作っているロボット人形なんだ。このロボットは、構造はよくわからないが、攻撃力がやたらに強い。もう一つ、爆発した時、完全に燃え尽きてしまう。つまり、証拠が、残らないんだ。アメリカンECは、そこに目をつけた」

「緒方社長が狙っているのは、日本のAI企業ヤマトセイキじゃないんだな」

「それは表向きで、本命はアメリカンECだよ。日本の同業者は、電気人形に毛がはえた物じゃないかとバカにしていたが、アメリカの企業は、その価値を認めている。アメリカは、軍産協同で、多くの企業が、軍部の援助を受けている。アメリカンECは、その最たるものでね。今やアメリカ軍が、一番力を入れているのは、戦場の無人化なんだ。無人飛行機、無人戦車、そして、ロボット兵士なんだ。中でも一番難しいのはロボット兵士だよ。ロボットだが武器を持つ。戦場ではそれを使いこなさなければならない。そんなことでアメリカ軍が、緒方精密電機のロボット人形に目をつけた。多分、軍事転用が簡単だと見たんだろう。それを受けて、緒方社長は、日本国内から、アメリカに目を向け、アメリカンECとの合併を、考えるようになった。しかしねえ。今いったように、アメリカンECは、アメリカ軍との関係が深いどころか、軍需企業といってもいい会社なんだ。緒方精密電機は、その一翼を担うことになる。そのことを、緒方社長は、わかっていて、小野部長を、アメリカに派遣したのか。それを主として調べるために、ロスに行くんだ」

と、田島は、いってから、

「当然、小野部長にも会うから、君の伝言を、伝えておくよ」

「警察としては、小野の証言が欲しいんだ」

「わかった。小野部長に話してみる」

と、田島は、約束してくれた。

「小野は、つかまえているんだな」

「ロスにいるうちの特派員が、つかまえているよ。大丈夫だ」

4

十津川は、わざと、田島を成田空港まで見送らなかった。

緒方社長を、警戒させたくなかったからである。その代わりに、田島のいっていたアメリカンECという企業について、調べることにした。

アメリカンECの前身は、K社という自転車メーカーだった。

第二次世界大戦が始まると、陸軍のために、陸軍用のオートバイ作りに専念、そのうちに、バズーカを作り、機関銃を作り、GI用の銃も作った。

戦争が終わってからも、軍との関係を維持した。儲かるとわかったからである。

ただ、戦後のアメリカ軍は、近代化を目指した。

それは、戦場の無人化でもあった。

ベトナム、アフガニスタン、イラクと、ゲリラ戦で、あまりにも多くの兵士を失った。そこで、アメリカ軍の要請は、兵士の損失を少なくすることになり、それは、戦場の無人化だった。

アメリカンECは、その要求に応じて、戦場の無人化計画に全力を投じた。

そして、去年の八月二十日、アメリカ軍は、リビアの戦場でゲリラに対して無人兵器を運用した。

無人爆撃機による爆撃、ついで無人戦車が突入する。最後にロボット兵士が、ゲリラのボスを拘束し連行することになっていた。

しかし、最後に失敗した。ロボット兵士が六体。このうち、三体が故障してゲリラのボスを捕虜にするどころか、逆に捕虜になってしまったのだ。もちろん、それを防ぐための自爆装置がついていて、離れた場所にあるコントロールルームで、ボタンを押したのだが、これも、起爆せず、逆に、GIロボットは、ロープで縛られ、ゲリラの宣伝に使われてしまった。

そんな時に、アメリカ軍とアメリカンECが、注目したのが、緒方精密機械のAIロボット人形だった。

理由は二つ。一つは小さくて、爆発力が大きいことである。

二つ目は、爆発の痕跡を残さないことだった。人形自体が、全く痕跡を残さなければ、ゲリラのボスを爆殺しても、犯人が誰かわからない。この二つから、アメリカ軍と、アメリカンECが、日本の緒方精密機械のAI人形に目をつけたのである。

緒方は歓喜し、アメリカンECとの合併に自分と、会社の未来をかけた。

しかし、冷静に考えれば、それは、緒方の会社がアメリカの軍産複合体に組み込まれることを意味していた。

しかも、緒方精密電機のAI人形を改造した小さなGIたちがゲリラ組織を攻撃した時、ピンポイントで、ゲリラの幹部を殺害できればいいが、その大きな爆発力で、民間人を殺すことも考えられる。

その時、「平和な世界」を標榜《ひょうぼう》する日本人として、平然としていられるのか。

5

ロスに着いた筈なのに、田島は、なかなか連絡してこなかった。

三日目の中央新聞の社会面に、

「アメリカの軍産複合体の現実」

と、題した、田島の署名記事が載った。

「第二次世界大戦中、アメリカの産業界と、軍との結びつきは決定的になった。今や、その関係は、危険なレベルにまで来ている。

アメリカ陸軍の軍人として、第二次大戦で連合軍を勝利に導き、第三十四代大統領にもなったアイゼンハワーは、退任演説でアメリカの軍産複合体の危険を警告しているが、この傾向は、アメリカでは、ますます、強くなっている。

情況はここにきて、日本企業まで、巻き込んでいる。その代表的な例が、アメリカのAI企業アメリカンECと、日本の緒方精密電機との合併の噂である。

緒方精密電機が最近作ったAI人形に、アメリカンECが目をつけたのだ。何故、人形にと首をかしげてしまうのだが、アメリカに来て、調べてみると、アメリカ軍と、アメリカンECは、緒方精密電機の作った人型ロボットを、ロボット兵士に作りかえるつもりで、目をつけたのだとわかった。

緒方精密電機は、アメリカの大企業との合併の噂に喜んでいるといわれるが、果たして、日本にとって、いいことなのかどうか」


これが、田島の署名記事だった。

更に三日後、やっと、十津川の待っていたものが到着した。

小野部長の証言テープと、その証言を説明する小野の自筆のメモである。


「私、小野は、五月十日、四国旅行に出発する高見沢愛香さんに対して、その前日、問題のロボット人形を渡しました。その時、これは、緒方社長からで、小さいが、威力があるから、あなたを守ってくれる。不安になった時は、背中の赤いボタンを一回押すこと。そうすると、完璧にガードしてくれると、説明して渡してくれと社長からいわれました。その時、問題のロボットの開発に携わった私としては、おかしいと思いました。ロボットの背中のボタンは、一回押すと、攻撃モードになり、二回押すと、防御モードになるからです。そのことを私がいうと、緒方社長は、防御モードでは、ロボットが、何もしなくなるおそれがある。攻撃モードなら周囲に、彼女を攻撃する敵が現れたら、瞬時に反応することができる。だから、彼女には、ボタンを一回押すようにいってくれればいい。そうくどく念を押されたので、高見沢さんには、ボタンを一回押すことと教えました。これは、事実です。

先日、日本に帰る飛行機に乗らなかったのは緒方社長の指示です。突然、社長から電話があって問題ができたので帰国を延ばせといわれたんです。びっくりしましたが、仕事上のことだろうと思って、飛行機に乗りませんでした。その理由は、聞いていません。

他の方からの電話に出なかったのはこれも社長の指示で、会社の問題が絡んでいるので私以外の電話には出るなと、いわれたからです。現在うちの会社は、アメリカの企業との合併問題などがあることを知っていますので、社長の指示を別に不思議とは、思いませんでした」

6

しかし、十津川は、すぐには、緒方秀樹社長の逮捕には、踏み切らなかった。

田島記者の帰国を待って、小野部長に会った時の様子をきいた。

「私が、話してくれといったら、別に困った様子は、見せなかったね。どうやら、緒方社長のやり方に、前々から、疑問を感じていたらしい」

と田島は、いう。

「小野は、アメリカンECとの合併について、技術的な問題を打ち合わせにアメリカに来ていたと聞いたんだが」

「その通りだ。緒方社長としては、合併するとしたら、少しでも自社に有利にと思っての派遣だったと思うね。これは当たり前の話だよ」

「小野自身は、緒方社長に対してどんな感情を持っているんだろう？　個人的な悪感情を持っているとすると、証言の力が半減するおそれがあるからね」

「その点は、大丈夫だ。淡々としていた。それより、合併に対する株主と社員の反応だろう。社員は反対はしないだろうが、問題は株主だよ。特に四十パーセントの株を持っている高見沢愛香の動向だな。結婚するのなら、そう心配することはないが」

と田島はいう。

「その点は、考える必要はないんだ。事件の根本だから、あれこれ考えると、かえって問題が見えなくなる」

と、十津川は、いった。

十津川が次に会ったのは、神崎だった。

田島記者の話はせずに、

「最近、緒方社長とは、どうなんですか？」

と、きいた。

「社長は、大学の先輩だし、楽しいロボットを作っているということで、緒方精密電機という会社の人間だということに誇りを持っていたんですがね。ここに来て、殺人事件が絡んできたり、緒方社長が、ロボット人形よりも、アメリカ軍のロボット兵士の方に関心があるとわかったりして、少しばかり、違和感が生まれています。子供が喜ぶＡＩロボットの夢が破れました」

と、神崎は、苦笑する。

「それなら、緒方社長について、遠慮のない意見を聞けますね」

「事件についてのことなら、誰に対しても、遠慮なく、自分の考えをいえますよ」

「緒方社長は、野心家ですか？」

「そうですねえ。アメリカンＥＣとの合併を狙っているところなんかは、かなりの野心家と思いますよ。社長としては、当然なんじゃありませんか。私は、個人的には、反対ですが」

「あなたと、小野部長とは、親しかったんですか」

「同じ会社の人間だし、彼の技術的才能には、敬意を表していましたよ」

「あなたから見て、どういう人物ですか？　いわゆる技術屋ですか？　それとも、政治力の高い人間ですか？」

「性格的なことは、わかりませんが、技術屋で、自分の技術には、自信を持ってるんじゃありませんかね。その点は、話していても強く感じます。だから、普通に話していると、静かで、他人と喧嘩をしないが、こと技術については、妥協をしないみたいです」

「そうですか」

「小野さんと接触できたんですか？　どんなことを、いってるんですか？」

と、神崎が、急に声を張りあげる。

「その点については、今は全て、内密です」

「緒方社長を、高見沢さんに対する殺人未遂で逮捕するんですか？」

「それは、全く考えておりません」

十津川は、そう否定して、神崎との話を切り上げた。

しかし、その日の捜査会議で、十津川は、緒方秀樹社長を高見沢愛香に対する殺人未遂と川口武に対する傷害致死容疑で逮捕したいと、三上刑事部長に告げた。

「殺人の動機は、野心です。緒方は、町工場からＡＩ企業へと会社を大きくしました。最近の製品は、ＡＩを利用したロボット人形ですが、これが、驚くべき性能を持っていて、そこに目をつけたのが、アメリカンＥＣというアメリカのＡＩ企業と、アメリカの軍関係者です。もちろん、アメリカの軍関係者が、人形に興味を持ったわけではありません。ゲリラとの戦いでの人的損害をおそれたアメリカ軍は、無人の戦場を計画しているのです。無人の戦闘機、そしてロボット兵士です。緒方精密電機のロボット人形を、そのロボット兵士になぞらえたんだと思います。当の緒方社長は、アメリカの大企業に誘われたことに感激して、合併に乗り気でいます。社員は、別に反対しないでしょうが、問題は、株主です。特に、社長秘書の高見沢愛香は、四十パーセントの株を持っています。何故そんなに多くの株を持っているかについては、別紙にその理由を書いて、お渡ししています。もし、高見沢愛香が、反対すれば、アメリカ企業との合併は、できません。そこで、緒方社長は、高見沢との結婚を考えたようですが、上手くいくかどうか不安だった緒方は、彼女を殺すことを考えたのです。まず、アリバイをどうするかを考えたと思います。そこで、五月十日から五日間、ハワイで業界の会議があった時、高見沢を同行させず、その間、彼女の郷里の四国旅行をしてこいといったのです。緒方はハワイ行きは仕事なので、彼女を連れていけないといっていますがこれは、嘘とわかりました。緒方は、完全なアリバイを作りたかったのです。四国で彼女を殺し、自分は、ハワイにいたというアリバイです。そのため、彼女の四国旅行の細かいスケジュールを決めさせました。愛していて心配だからという理由をつけてです。そして、殺人計画が、実行されました」

「最初は、祖谷渓での殺人です。緒方社長の傭った殺し屋が、高見沢を殺そうとして誤ったのかよく似た女性を殺してしまったようですが、これは、予行演習のようなものだったと思います。本番は、彼の会社が作ったロボット人形を使った殺人だったのです。緒方は、ハワイに発つ直前、ロボット人形を作った小野技術部長に、人形を、高見沢に渡すようにいいます。素晴らしい人形だから傍に置いておけば、彼女を守ってくれると、いってです。背中のボタンを押すと、防御モードになるので、ボタンを一度、押して、傍に置くようにと、いわせているのです。しかし、本当は、一度押したのでは攻撃モードが働き、防御モードにしておくためには、二度ボタンを押さなければ、いけないのです。そこで、高見沢は、いわれた通り、ロボットの背中のボタンを一度だけ押して、傍に置いておいたといいます。ところが、それでは、攻撃モードになってしまいますから、ロボットは、当然、爆発し、彼女は危うく、死ぬところでした。ただ、少しずれた場所にロボットを置いておいたので、火傷だけですみ、全く関係のない乗客が一人、死亡してしまいました」

7

十津川は、そこで小野部長の証言テープと、証言メモを提出した。

「これだけ揃えば、裁判になっても、緒方社長の有罪は、間違いないと思います」

と、十津川は、いった。

「ところで、被害者の高見沢愛香の居所は、わかっているんだろうね？」

三上刑事部長が、きいた。

「大丈夫です。確認しています」

と、十津川は、いった。

三上刑事部長が、オーケイを出し、捜査本部は、緒方社長の逮捕に向けて、動き出した。

裁判所から逮捕令状が、出た。

十津川は、亀井、日下《くさか》、北条早苗、三田村《みたむら》の四人の刑事を連れて、緒方精密電機の本社に向かった。

緒方は、この段階で、逮捕されるとは、思っていなかったらしい。

明らかに、驚きの表情で、十津川たちを迎えた。

「どうして、逮捕なんだ」

と、声を大きくした。

十津川は、落ち着いて、逮捕令状を見せた。

「弁護士に連絡したい」

と、緒方は、いった。が、それ以上のことは、いわなかった。

十津川は、緒方社長を、連行したあと、赤坂のクラブのママ、きよ美に電話した。

「今、緒方社長を逮捕した。このことを、高見沢さんに連絡してほしい。あなたが、彼女の居所を知っている筈だ」

「ええ、すぐ、彼女に知らせます。ほっとすると思います」

と、きよ美は、予想した通りの返事をした。

ただ、新聞、テレビに、緒方社長の逮捕が載ると、次には、マスコミは高見沢愛香を追い回した。

そのため、きよ美は、高見沢愛香を、隠してしまった。

十津川は、新聞記者たちに、高見沢愛香の居所を教えてくれと迫られたが、知らないと言い続けた。

裁判所の公判準備が始まった。

十津川も、検察側証人として、出廷することが決まった。

難しい裁判になることは、十津川は、覚悟していた。その理由の一つは、容疑者緒方社長と、被害者高見沢愛香の心理的葛藤の部分が、重要なポイントとなっているからだった。

緒方被告は、愛香を、本当に愛していて、結婚を申し込んでいた。だから、彼女を殺そうと考える筈がないと証言するだろう。

それに対して、検察側の見立てでは、被告人の頭にあったのは、会社の将来だけで、そのためには、四十パーセントの株を持つ高見沢愛香の同意が必要だった。

問題は、緒方被告が、結婚を申し込みながら、何故、殺害を計画したかである。

逆に考えれば、結婚を申し込まれた高見沢愛香が、本当は、迷っていた。それを主張できないと、緒方被告が、結婚を申し込みながら、殺そうとしていたことの証明が難しいということでもある。

そんな時に、十津川は、高見沢愛香のことを調べていて一つの発見をした。

一年前の正月に出された、財界トップクラスの会員のみを購読者とする経済誌の記事だった。

その対談で、愛香は、インタビュアーからこう質問されている。

「あなたは、緒方精密電機の株を四十パーセントも持っている大株主でいらっしゃる。最近はアクティビストといって、『物言う株主』という言葉があります。その点、大株主として、何か会社に注文があれば、おっしゃってください」

その質問に対して、愛香は、次のように答えていた。

「今の会社に文句はありません。ＡＩを使ったロボット人形を作って、子供を楽しませてくれていますから」

このあと、彼女は、一呼吸おいて、次のように、続けているのである。

「ただ、一つ心配なのは、社内にアメリカのＡＩ企業との合併を望む気運があることです。そのアメリカの会社は、完全な軍産複合体で、うちの会社が作ったＡＩロボット人形を利用して、ロボット兵士として使おうと考えているのです。アメリカ軍部は、対ゲリラ戦での人的消耗を解消するために、戦場の無人化を考えています。戦場には無人飛行機、無人戦車、そしてロボット兵士だけという計画を立てていて、ロボット兵士のモデルとして、うちの会社の作ったＡＩロボット人形を参考にしようとしているのです。それがわかっていてのアメリカンＥＣとの合併には、私は絶対に賛成はできません。それは、わが社の夢や、子供の夢を破壊してしまうからです」

緒方社長は、この記事を読んだのではないか。

それで、自分の野心を達成するためには、愛香が邪魔になると、考えたのではないか。

（これで、緒方被告の本当の動機がわかった）

と、十津川は、確信した。
裁判までの間、十津川は、休暇を貰って、四国旅行に出かけた。
愛香が神崎と二人、五日間で回った四国を二日間で、回ってみようと思ったのだ。
最初の日、十津川は、土讃線の大歩危で降り、祖谷渓に向かった。
名勝、祖谷渓である。
かずら橋に行ってみる。
今日も、数人の観光客が来ていた。
ここで、愛香によく似た女性が、彼女に間違われて襲われている。
そのことを、考えながら、揺れるかずら橋を眺めていた。
ふいに、十津川は、目まいを覚えた。
（何故、そんなことをする必要があったのだろう？）

第七章

逆転の方程式

1

緒方社長は、改めて、かずら橋の事件について殺人教唆《きようさ》の容疑で逮捕された。が、即、起訴されたわけではなかった。

捜査本部は解散したが、十津川は、証拠を固める作業に入っていた。

それでも、マスコミは、緒方を犯人と決めつけて、書き立てた。

その取り上げ方は、どの新聞テレビも同じだった。

「遠隔操作の殺人」

「ハワイから日本まで、伸びた殺人の腕」

「遠いアリバイ。気の長い殺人」

収監中の緒方を捜査室に呼び出した十津川は、尋問の冒頭、緒方に向かって、

「君のことを、殺人の天才だと書いた新聞もある」

といった。

その新聞記事を見せると、

「何もやっていないんだから、嬉しいも、悲しいもありませんよ」

と、緒方は、苦笑した。

「高見沢さんは、君の会社で作ったロボット人形の爆発で負傷した。爆発の角度によっては、死ぬところだった。このロボット人形を、君は、ハワイの会議に行く日に、彼女に渡したことは、認めるね？」

「認めますよ。間違いなく、渡したんだから」

「何のために？」

「それは、何回も話したでしょう。ハワイでの仕事の間、彼女が四国旅行するので、心配だったからですよ。あのロボット人形は、一見、オモチャですが、攻撃でも防御でも驚くほど力を発揮するので、旅行中、持つように渡しておいたんです」

「だが、ロボット人形についているボタンを、押し間違えて、爆発が起きて、高見沢さんは、危うく死ぬところだった」

「そのことも、すでに、何回も説明しましたよ。私が何回も、小野部長と一緒に、ロボット人形の操作の方法を教えたのに、間違えて操作してしまったんです。背中のボタンを、一回押せば、攻撃、二回は防御と教えておいたのに、一回しか押さなかったから、ロボットの攻撃システムが、作動してしまったんです」

「そのことを証明できるのは、小野部長というわけだね？」

「そうです。彼が、アメリカから帰国するのを期待しているんだが、何故か帰ってこない。不思議で仕方がない」

「君が、帰ってくるなと、寸前に業務命令を出したということも考えられる」

「何故、そんなバカなことをするんです？」

「犯行を、隠すためだよ」

「それなら、彼を捜し出してくださいよ」

「ああ、見つけるさ。次は、何故、君が、高見沢さんを、ハワイに連れていかなかったかの理由だ。どうしてなんだね？」

「それは、ハワイの会議が、ロボット人形の技術部門の会議だったからですよ。そうでなければ、ハワイ観光に、彼女を連れていきましたよ」

「しかし、女性連れの参加者もいたと聞いてるがね」

「それは、出席者の考え方によるでしょう。私は、女性を連れていくのは、まずいと思ったんだ」

「君が、ハワイの会議に出ている間、高見沢さんは、四国旅行に行くことになったわけだが、これは、君がすすめたのかね、それとも、彼女が決めたのかね？」

「私が、ハワイに行っている間、どうしているつもりだときいたんです。そうすると、結婚したら、旅行が難しくなるので、この際、四国旅行をしたいといったんです。彼女は、四国高知の生まれですからね」

「彼女に、君の大学の後輩の神崎さんを、同行させたのは？」

「私が、心配性だからです。それに、彼女と結婚するつもりなので、心配でした。信頼できる大学の後輩を一緒に行かせることにしたんです」

「その神崎さんの話では、二人のスケジュールをやたらに詳しく作らせたといっていた。その上、毎日のように、そのスケジュール通りにしているかを、確認していたそうじゃないか。相手は、大人の女性なのに、どうして、そんな細かいことまで、指示していたのかね？」

「そりゃあ、心配だからですよ。結婚を考えているんだから、当たり前でしょう」

「泊まるホテル、旅館の名前まで、指示していたと聞いている。また、四国の特急列車に乗る場合は、何号車の何番の座席を予約しているのかまで、報告させたとも聞いているが」

「おかしいですか？」

「普通は、そこまで、指示はしないし、確認までしないだろう。逆に相手の方は、束縛と感じるんじゃないか」

「私は旅行好きで、四国にも、何回か旅行してるんです。だから、土讃線の多度津から、高知方面に向かう列車では左側の窓際の席に座った方が、景色を楽しめることは知っていたから、つい、そんな助言までしてしまいました」

「高見沢愛香の殺人未遂で起訴されることになっているんだが、君は、それでも、今も結婚したいというつもりかね？」

「もちろんですよ。結婚したいと思っていますよ」

「それが本当かどうか。調べさせてもらったよ。そうすると、いくつか、首をかしげる事実がわかってきた」

「そんなことなら、全部話してくださいよ。ちゃんと反論しますから」

「君は、緒方精密電機の社長として、ひそかに、アメリカの企業との合併を考えている。その企業は、典型的な軍産協同で、主として、軍関係の無人飛行機、無人戦車、そしてロボット兵士の研究と生産をしていて、緒方精密電機が今回作ったロボット人形に興味を示していると聞いた。将来のロボット兵士の参考にするためだという。君は、それを突破口にして、このアメリカ企業との合併を狙っていた」

「日本国内だけで、動いていても、大きくなれませんよ。アメリカの企業との合併を考えたって、悪くはないでしょう」

「確かに、君のいう通りだが、高見沢さんは、アメリカの軍需企業との合併には、反対だった。このことは、雑誌のインタビューでも打ち明けている。子供たちに、楽しい玩具を供給する会社であってほしいとね。これは、知っていたのかね？」

「知っていましたが、説得する自信はありましたよ」

「ところで、高見沢さんは、緒方精密電機の株の四十パーセントを持っているそうだね？」

「彼女の唯一の身寄りが資産家で、私が社長に就任する時、経済的に助けてくれたんです。そのため、今も、わが社の株の四十パーセントを彼女が持っているんです」

「それでは、彼女が、株を売却してしまったら、自由に会社を動かすことができなくなるね」

「そこは話し合いですよ。それに結婚するんですから、問題はなくなります」

「ところが、彼女が、君の目論《もくろ》むアメリカ企業との合併に反対らしいとわかってきて、殺すことを計画したんじゃないのかね？　彼女には肉親がいないから、死んでしまえば、彼女の所有する株は、自由になると考えてだ」

「そんなことを、考えたこともありませんよ」

「それでは、細かい、具体的なことからきいていこうか」

　と、十津川は、一呼吸おいてから、

「五月十二日。四国の祖谷渓のかずら橋の近くで、女性が殺された。観光客の一人で、これが、年齢も高見沢さんと同じ三十代。背恰好もよく似ていた。それ以上に、服装が、そっくりだった。白をメインにしていて何よりも、似ていたのは、ツバの広い黒い帽子だ。この恰好で立っているのを、背後から見ると、同一人物に見えた。

その女性が、背後から襲われて、殺された。君は、高見沢さんのスケジュールを全部知っていたから、彼女が、かずら橋に行くだろうことは、知っていた。そうだろ?」

十津川がきくと、緒方は、むっとした顔で、

「何が、いいたいんです?」

「この女性を調べたんだが、誰かに恨まれているという話は全く聞けなかった。まだ、犯人は捕まっていないが、高見沢さんと間違えて殺されたんじゃないかと思われるんだよ」

「意味が、わかりませんが」

「君は、彼女が、祖谷渓のかずら橋に行くと確信していた。彼女の持ち株を何としてでも手に入れたい君は、ハワイのアリバイを利用して、金で殺し屋を傭い、祖谷渓で高見沢さんを殺すことを頼んでおいた。ただ、その殺し屋は、彼女のことを詳しくは知らず、写真だけで、彼女を狙ったから、年齢、背恰好が似ていて、しかも、服装のよく似た観光客の女性を間違えて殺してしまった。その人間は、君に貰った金を使ってさっさと逃げてしまった。現場の警察がいぜんとして犯人を逮捕できないのは、当然だ。今いったように、君に貰った金を使って、さっさと逃げてしまったし、もともと、殺された女性には、殺される理由が、なかったんだからね」

「おかしいじゃありませんか」

と、緒方が、十津川を睨んだ。

「どこがおかしいんだ？」

「私は、会社の作ったロボット人形を使って、彼女を爆殺することにしていたんでしょう？　それで、逮捕されたんじゃないんですか？」

「その通りだよ」

「おかしいじゃないですか。そんな殺人計画があるのに、どうして、殺し屋を傭って、祖谷渓で、彼女を殺させようとしたりするんですか？　おかしいでしょう？」

「保険ですよ」

と、十津川はいった。

「君は、最後の日、五月十四日の観光列車『四国まんなか千年ものがたり』の車内で、ロボット人形を使っての高見沢さんの爆殺を狙っていたが、失敗の可能性もある。だから、保険をかけたんだよ。周到に、二段階の殺人計画にしてあったんだ」

「やっぱりおかしいね」

緒方は、急に椅子から立ち上がった。

傍にいた亀井が、緒方に座るように促した。

十津川は、苦笑して、

「何を芝居してるんだ？」

「私が犯人なら、そんなバカなことはやらない」

と、緒方がいう。

「どっちのことをいってるんだ?」

「祖谷渓のかずら橋のことをいっている。ロボット人形を使う爆殺というのは、やったのは私じゃないが、まあ、科学的で悪くないが、殺し屋を傭うなんて、子供っぽいことは、私はやらんよ」

「それを証明できるのか?」

「金で傭った殺し屋が捕まったらどうするんだ? 折角ハワイのアリバイを作ったのに、何にもならないじゃないか。全てが、ゼロになってしまうんだ。それなら、何もしない方がマシだろう」

「何もしないと不安になってくるから、殺し屋を傭ったんじゃないのか」

十津川が、切り込む。

「不安になったらロボット人形を、いくつも持たせて、何回もボタンを押させればいいじゃないか。アリバイは、遠く離れたハワイに作ったんだから」

と、緒方が、いった。

「だから、殺し屋を傭っての殺しなんか、やらないというのか?」

十津川が、きいた。

「必要とすればやるだろうが、私が犯人ならやらん」

と緒方は、いったあと、急に黙ってしまった。

十津川が、何をきいても、返事をしない。

亀井が、声を荒らげて言った。

「何か喋れ！」

「今は、何も喋りたくないんだ」

「どうして？　今、ベラベラと自慢してたじゃないか」

「急に、嫌になったんだ」

「どうして？」

「どうしてもだ」

そんな二人の言い合いに、十津川が入っていった。

「カメさん。今日の尋問は終わりだ」

「――」

亀井が何かいったが、十津川は、緒方を拘置所に戻してしまった。

そのあと、自分で、インスタントコーヒーをいれ、それを、亀井にもすすめた。

「カメさんに、聞きたいことがある。いいかな」

と、十津川がいった。

「かまいませんが、私がちゃんと答えられるかどうか、わかりませんよ」

「私たちは、殺人事件の犯人として、緒方社長を逮捕した」

「はい」

「もし、緒方が犯人ではないとすると、誰が犯人だと思うかね？」

「犯人は、わかりませんよ。唯一の容疑者が、緒方だったんですから」

「私も、そう考えてきた。しかし、緒方を尋問していて、この事件は、別の見方があることに気がついたんだよ」

「どんなことですか？」

「この事件は、表と裏なんだ」

「よくわかりませんが」

「一枚のカードの表と裏。それが今度の事件なんだ」

「――」

「表でなければ裏。表の緒方が犯人でなければカードは裏返って、犯人は高見沢愛香になるんだ」

「しかし、彼女は、緒方社長を殺そうとはしていませんよ」

「だが、犯人にして、私たちに逮捕させたよ」

と、十津川は、いった。

「それが、間違っていたということですか？」

亀井は、まだ、半信半疑の表情でいる。

「今、緒方社長を尋問していて、一つの疑問にぶつかったんだ。それは、祖谷渓のかずら橋で、高見沢愛香と間違われた、観光客の女性が、殺された事件だよ。私が、殺しのチャンスを増やすために、緒方が、殺し屋を傭って、殺させたんじゃないかときいたのに対して、緒方は、妙なことをいったんだ」

「確か、『私が犯人なら、そんなバカなことはやらない』と、いったんじゃありませんか。そのあと、黙ってしまいましたが。私には、あの沈黙の方が不思議でしたよ」

と、亀井は、いった。

「まず、『私が犯人なら――』という緒方の言葉から考えてみよう」

と、十津川は、いった。

「緒方が、何を言いたかったのかは、わかります。どうせ、ロボット人形を使って、高見沢愛香を爆殺するのだから、殺し屋を使って、殺す必要はないということだと思います。二度殺しても仕方がありませんから」

「他には？　何か感じるか？」

「そうですねえ。今、警部がいわれた緒方が犯人でなければ、犯人は高見沢愛香だという言葉。それを使えば、緒方も、『私が犯人なら、そんなバカなことはやらない』と、いったあと、犯人が彼女なら、殺す必要があったに違いない。そういいたかったんじゃありませんか」

「そうだよ。間違いなく、緒方は、そういおうとしていたんだと思っている」

「どういう意味なんですかね？」

「今、君が、いったじゃないか。緒方が犯人なら、ロボット人形を使って、高見沢愛香を爆殺するつもりだから、殺し屋なんか傭って、殺す必要なんかないと、彼は、いいたかったんだろうと」

「確かに、そういいましたが、緒方が黙ってしまいましたから」

「当然、彼は、彼女が犯人なら——と、いいたかったんだ」

「彼女が犯人なら、祖谷渓のかずら橋での殺人は、必要だということですか？」

「そうだよ」

「そうなりますか？」

「それを考えていたんだ。高見沢愛香が犯人だとすれば、自分が、緒方社長に殺されかけたとして、緒方を逮捕させるつもりだということだろう」

「緒方からプレゼントされたロボット人形の誤作動で死にかけたとして、殺人未遂で彼を逮捕させようと計画的に実行したというストーリーですね」

「その通り、我々は、緒方を殺人未遂で逮捕している」

「そうです」

「だが、愛香としては、負傷の芝居はできても、爆死の芝居はできない。当然だよ。自分が死んでしまっては、何にもならないからだ。つまり、完全に勝ったことにはならない」

「わかりました。だから、高見沢愛香が犯人なら、かずら橋の殺人が必要だと、緒方は、いいたかったわけですか」

「我々は、緒方を殺人未遂と傷害致死で逮捕したあと、殺人教唆でも逮捕している。緒方のいう通りになっているんだ」

「しかし――」

「わかっている。今のところ、高見沢愛香は被害者で、緒方は犯人だ。簡単には、その見方は、変えられない」

「これから、どうしますか?」

「カードの表と裏を引っ繰り返すような切り札が欲しい」

「考えられるのは、緒方精密電機の小野という技術部長じゃありませんか。彼を見つけて、証言させれば、シロクロつけられると思いますが」

と、亀井は、いう。

「だが、この男は、アメリカでまた行方不明になっている」

「何とか、見つけ出せませんか」

「だんだん、無理だと思うようになってきた」

と、十津川が、いう。

「どうしてですか？」

「緒方と、高見沢愛香の両方に、殺人の可能性が、出てきたからだ。緒方が犯人だとすれば彼を恐れて、小野部長は、雲隠れしたことになる。それなら、犯人の緒方は逮捕したのだから、安心して出頭しろと呼びかけることができる。しかし、高見沢愛香にも、犯人の可能性があるとなると、安心して出てこいと呼びかけられない」

「じゃあ、どうします？　このままでは、動きが取れませんよ。高見沢愛香が犯人だという証処はないし、と、いって、緒方が犯人ではないという証拠もない。このままでは動きが取れませんよ」

と、亀井が、いう。

「神崎に会ってみよう」

と、十津川は、いった。

2

緒方社長が逮捕されたことで、緒方精密電機の本社も工場も、休業状態になっていた。

　神崎も、自宅にいたのを、署に来てもらった。

　さすがに、暗い表情をしている。

「信じられません」

　と、神崎は、十津川の顔を見るなり、いった。

「それで、社長は、間違いなく、犯人なんですか？」

「犯人であることを示しています」

「しかし、社長が、高見沢さんを殺そうとしたと認めたわけじゃないでしょう？」

「自供はしていません。しかし、彼以外に、彼女を殺す理由のある人間はいません」

「でも、彼女を愛していたのも、社長だけですよ」

　と、神崎が、いう。

「逆に、社長を愛していたのも、高見沢さんひとりということになってますよね」

「だから、結婚する筈だったんですよ」

　神崎は、ぶぜんとした顔つきになった。

「実は、亀井刑事とこんなものを、作ってみたんですよ」

　十津川は、一枚のカードを取り出した。スペードのキングとハートのクイーンを貼り合わせたものだった。

「キングは緒方社長、クイーンは、高見沢さんと考えてもいい。二枚じゃなく、背中合わせで、貼りつけて、一枚のカードになっています。二人の秘密は今回の事件の時、こんな状況だったと、見ているのです」

十津川の説明を、神崎は、じっと聞いている。だが、十津川が、何をいおうとしているのか、まだわからないのだ。

「二枚のカードだったら、キングとクイーンを並べて、ウエディング・マーチが鳴ったかもしれません。しかし、貼り合わせた一枚のカードだったのです。表と裏を別々に見れば、逞《たくま》しいキングであり、美しいクイーンですが、こうして、テーブルの上に置くと、キングが現れる時、クイーンは裏で消えてしまうのです。逆に、クイーンが現れれば、キングは消えてしまいます。それで、私たちは、今度の事件を、こう考えたのです。被害者が高見沢さんなら犯人は緒方社長、逆に、高見沢さんが犯人なら、被害者は緒方社長だと」

「緒方社長は、殺されても、殺されかけてもいませんよ」

「だが、殺人未遂容疑と傷害致死容疑、殺人教唆容疑で、逮捕されていますよ」

「じゃあ、二枚のカードを貼り合わせた接着剤は、いったい、何なんですか?」

と、神崎が、きく。やっと、十津川のいいたいことがわかってきたらしい。

「緒方精密電機の全資産です。それを力に、緒方は、アメリカの大企業との合併を考えている。ところが、高見沢さんは、緒方精密電機の株の半分近くを持っていて、緒方社長とは違って、子供相手のオモチャ会社を、続けようと思っている。接着剤は、その資産ですかね」

「なるほど」

と、神崎は、カードを手に取ってから、

「この話は面白く聞きましたが、それだけで私を呼んだわけじゃないでしょう?」

と、十津川を見た。

「実は、今、高見沢さんが、どんな気持ちでいるかを知りたいのです。しかし、まともに聞けば、まともな答えが返ってくるだけです。だから、本音を聞きたい」

「どうしたらいいと思っているんですか?」

「高見沢さんと親しかった女性がいましたね」

「赤坂でクラブをやっている、きよ美でしょう」

と、神崎は、いったが、すぐ、

「しかし、彼女は、親友だから、高見沢さんについて、不利な証言はしませんよ」

「だから、今は、彼女の話をきくことは避けているんです。それで、あなたにお願いしたい。今、高見沢さんが、どんな気でいるか、それだけを知りたいのです。それを、きよ美に、きいてほしい。あなたになら、正直に話してくれると思いますから」

と、十津川は、いった。

二日後、神崎から、電話が、入った。

「きよ美ママにききました。簡単な答えでいいですか。高見沢さんは、今の気持ちを、こう、いったそうです。『これで、ほッとした』と。こんな、簡単でいいんですか？」

「いや、ベストのセリフです」

十津川は、これで、高見沢愛香を、捜査本部に呼ぶ決心がついた。

3

高見沢愛香は、和服姿で、弁護士と一緒にやってきた。

無地の着物が、痩身によく似合っていた。

(計算しているのだ)

と、十津川は、思った。

結婚も考えていた緒方が、犯人として逮捕されている。喜ぶのはおかしい。戸惑いと悲しみ。それにふさわしいのは、無地の和服ではないか。

それが愛香の計算だと、十津川が意地悪く見すえたのは、

「これで、ほッとした」

という彼女の言葉を、神崎から、聞いていたからだった。確かに、これ以上、簡潔に、彼女の気持ちを示す言葉はないだろう。

同行した弁護士も女性だったが、こちらは、普通の洋服だった。親友のきよ美である。実はこのママは、弁護士の肩書きも持っていたのだった。

「まだ、緒方社長の裁判は始まらないのですか？」

と、きよ美は、弁護士口調で、十津川にきく。

「どうして、急いでいるんですか？」

十津川が、きいた。

愛香は、黙っている。

代わりに、きよ美が話す。

「彼女は、今回の事件で、身心共に傷ついています。特に、信じていた人に裏切られたという思いが、何よりも辛《つら》いといっています。それで、この際、全てを清算して、東京を離れて、ひとりで過ごしたいという希望を持っています。そこで、緒方精密電機の株を、全て売却したいのですが、裁判所に、裁判が終わるまで、処分することを、禁止されているんです」

「裁判の行方に影響するかもしれませんからね」

と、十津川は、いった。

「いつ裁判が始まるのか、いつ会社の株を売却できるのか、知りたいものです」

「それを含めて、本件について、話したいと思って、来ていただいたんです」

「でも、警察の捜査は全て終わっているわけでしょう」

「ですから、捜査の裏側の真実について、お話をしたいと思いましてね」

「まさか、妙な裏取り引きなんかじゃないでしょうね。彼女は、何回も殺されかけたんですから、裏取り引きには、絶対に応じませんよ」

「いや、真実の取り引きです」

と、十津川は、いい、亀井に二枚のトランプを、持ってこさせた。

「これは、スペードのキングと、ハートのクイーンのカードです。五月九日、緒方社長がハワイの世界人型ロボット会議に出かけ、その翌日に高見沢さんが、課長補佐の神崎と四国旅行に出発した時は、社長と高見沢さんの二人は、帰国後、結婚するものと、誰もが考えていました。キングと、クイーンの結婚です」

十津川は、二枚のカードを並べた。

「誰にも、二人は並んで見えたのですが、実際には違っていました」

十津川は、接着剤で、二枚のカードを背中合わせに貼り合わせた。

きよ美が、眉を寄せて、

「これは、何なんですか？　カードマジックですか？」

「いや、今回の事件の真相に迫ろうと思っているだけです。とにかく、我々の考えを聞いていただきたい」

と、十津川は、いった。

反対があっても、今日中に、最後まで、話を持っていくつもりだった。

「二人は、キングとクイーンの二枚のカードに見えました。祝福されるべき二人です。しかし、実際には、くっついた一枚のカードだったのです。あまりにも、大きな利害関係で結ばれていたからです。ごらんのように、キングが表になれば、クイーンはその裏で押し潰され、逆にクイーンが表になれば、キングは、消えてしまう関係なのです」

「それは、違います」

当然のように、きよ美が、声をあげた。愛香は、黙って、十津川を見つめている。

「愛香は、あくまでも、緒方社長の秘書の分をわきまえていましたよ」

と、きよ美はいう。十津川は、笑った。

「緒方精密電機の株の四十パーセントを持っている高見沢さんが、単なる秘書の筈がありません。その上、緒方社長は、アメリカの軍産複合体の企業との合併を考え、高見沢さんは、平和な玩具会社を考えていた。事件後にわかったことを、一つ一つ考えていくと、この二枚のカードは、全く同じ力を持ち、同じ危険を有していたと思わざるを得ないのです」

「よくわかりませんが」

「つまり、緒方社長が犯人なら、その裏側のカードである高見沢愛香さんは被害者です」

「その通りですわ」

「逆に、緒方社長が被害者なら、高見沢愛香さんが犯人である」

「そんなバカな。彼女は、一方的に殺されかけているけれど、彼女は、緒方社長に対して、指一本触れていません。訂正してください」

きよ美が、憤りを込めて、抗議してきた。

「今回の事件を、新聞は、遠隔操作殺人と書きました。中には、超遠隔操作と書いた新聞もあります」

「その通りでしょう。緒方社長らしい悪企《わるだく》みです。その分、愛香は、無警戒だったんです」

「四国で車内爆発があった時、緒方社長は、ハワイにいました。しかし、犯人だと思われました。それはつまり、カードの表と裏で、クイーンの高見沢さんが、狙われれば、自然に、表のキングの緒方社長が、犯人になってくるのです。あなた方二人については、他に容疑者がいないからです。カードが、他にないのです」

「それでいいじゃありませんか。その通りに、愛香が、命を狙われる列車内の爆発事件が起きて、ハワイの緒方社長が、犯人として逮捕されたんですから」

と、きよ美が、繰り返した。

「どうも、事態を正確に把握しておられないようですね」

十津川が、いうと、

「警部さんのいう意味が、よくわかりませんけど」

と、きよ美が、眉を寄せる。

それまで黙っていた愛香が、口をはさんで、

「警部さんは、ハワイで、緒方社長が、事故にあえば、日本にいる私が、疑われる。動機の持ち主は二人しかいないからと、おっしゃってる。そうなんでしょう？」

と、いった。

十津川は、微笑した。

「その通りです。さすがに、当事者だけに、よくわかっていらっしゃる」

「でも、私は、五日間、四国旅行に出かけていて、ハワイの緒方社長に対して、何もしていませんわ。私の手は、ハワイまで届きませんもの」

と、愛香は、ニッコリして、

「それに、現実に、ハワイで五日間、緒方社長の身には、何も起きなかった。危な

い目にあったのは、四国を旅行中だった私の方だけです。確かに、私と緒方社長とは、カードの表裏の関係かもしれませんが、今回の事件では、ハワイの緒方社長には、何も起きず、私の方だけ、祖谷渓のかずら橋で事件が起き、五月十四日には、四国の列車内で、私は危うく殺されかけたのに、ハワイの緒方社長の身には何も起きていません。一方的な事件でした」

「だから、我々警察は緒方社長を逮捕したわけです。ただ、いろいろと問題があるので、一緒に考えていただきたくて、来ていただいたのです」

「今、愛香本人が話したように、今回の事件では、一方的に、緒方社長からの攻撃を受けたわけで、改めて、申し上げることもないのですけれど」

と、きよ美が突き放すようないい方をする。

「それでは、話を進めましょう。祖谷渓、かずら橋の近くで、高見沢さんにそっくりな女性が、殺されました。この件について、緒方社長が傭った殺し屋が、間違えて、この観光客を殺したのだろうと考え、我々は、主犯を緒方社長だと考えました」

「その通りだったんでしょう。それで、緒方社長の逮捕理由が殺人未遂容疑から、更に重い殺人教唆容疑になったんじゃありませんか」

と、きよ美が、いった。

「確かに、その通りですが、冷静に考えてみると、緒方社長が、何故、わざわざ、殺し屋を傭って殺しを命令していたのかが、わからないのですよ。失敗して、犯人が逮捕されれば、自分に疑いが、かかってくるのにです」

「それは、列車内の爆発が失敗した時のためでしょう。いかにも、緒方社長らしい用心深さだと思いますよ。彼は、何としてでも、愛香を、殺したかった筈ですから」

と、きよ美は、検事のようないい方をした。

「しかし、見事に失敗しているのですよ。背恰好や、服装のよく似た別人を、殺してしまっているんですから」

「でも、緒方社長の犯意は、証明されたじゃありませんか」

と、更に、きよ美が、いいつのる。

それに対して十津川は、反対する代わりに、

「その通りなのですよ」

と、逆に、賛成してみせた。

4

戸惑っているきよ美と、愛香に向かって、十津川は、強い口調でいった。

「かずら橋の殺人は、ある人間にとっては、成功するかどうかは、問題外だったのです。その犯罪が実行されることが必要でした。これを、反対側から見れば、誰も

が、納得できる構造なのです」

十津川のいい方に、弁護士のきよ美は、直感的に危険を感じたらしく、

「それよりも、結論を、はっきりさせてください。いつ裁判は始まるんですか？」

と、嚙《か》みついてきた。

十津川は、それを無視して、

「今回の事件が、被害者高見沢さんが企んだものだとすると、この殺人の意味がはっきりしてくるんですよ」

と、愛香を見た。

彼女が、意外に負けず嫌いな性格だとわかっていたからである。

きよ美が、あわてて、手で制しようとするが間に合わず、愛香は、顔を突き出す感じで、言った。

「面白いわ。その話、聞かせてください」

「仮定の話ですから、まあ気楽に聞いてください」

と、十津川は、いった。

「高見沢さんは、緒方社長の罠《わな》にはめられ、自分の命が、狙われる芝居を計画した。しかし、自分が殺されてしまっては、意味がない。そこで、ロボット人形を爆発させるが、負傷する程度にコントロールしておく。そのため、よけた爆風を、まとも

に食らった乗客の一人が、亡くなってしまいました。警察は、高見沢さんに対する殺人未遂容疑と川口武に対する傷害致死容疑で、緒方社長を逮捕したが、これでは、不十分だ。そんな時に、かずら橋の殺人が役に立つんですよ。こちらは、傷害ではなくて、殺人ですからね。おかげで、高見沢さんは、軽傷でも、緒方社長を、殺人教唆容疑で、逮捕できるんですよ」

「それは、結果論でしょう。私だって、下手をすれば死んでいたかもしれないんです。軽傷ですんだのは、偶然です。運が良かっただけです」

「そうですよ」

と、きよ美も、力を込めていうのだ。

「愛香は、小野部長から、ロボット人形の間違った操作方法を教えられて、死ぬところだったんですよ。同じ車両で、偶然、乗り合わせた川口武という三十八歳の東京のサラリーマンが死亡しています。私たちとは、全く関係のない方なのですが、殺害の責任は、全て、緒方社長にあると思っています。この方の傷害致死容疑も、もちろん、緒方社長に、かかっていますよね？　そうでなければ、おかしいですから」

きよ美は、弁護士らしく、一つ一つ、十津川の回答を求めてくる。

「もちろん、緒方社長が、土讃線の観光列車『四国まんなか千年ものがたり』の車内で、高見沢さんの殺害を企てたのであれば、それに付随して起きた全てのことについて、緒方社長に責任があると思っています」

十津川がいうと、きよ美は、ほっとした顔で、

「それで、安心しました。いよいよ、裁判が進むんですね」

「そうなります。ただ、その前に、容疑者として、緒方社長を逮捕した刑事として、確認しておきたいことがあるので、そのために、来ていただいたのです」

「まだ、確認したいことがあるんですか？」

「一つ、理屈に合わないことが、ありましてね。緒方社長が犯人だとすると、うまく説明ができない行動があるのですよ。犯人は、完全に、会社を自分のものにして、アメリカの企業との合併を実行したかった。そのために、大株主の高見沢さんが邪魔だったので、遠隔操作で、殺すことを考えた。これが、今回の事件の発端です。そうなると、緒方社長としては、絶対に、高見沢さんを殺したい。それに、ロボット人形の威力をよく知っているわけですから、彼女が、間違えて、ボタンを押せば、間違いなく、死ぬことは、わかっていた筈なのです。そう考えると、バレやすい殺し屋を使って、祖谷渓のかずら橋で、襲わせることは、考えにくいのです」

十津川が、繰り返すと、きよ美は、更にいら立って、

「その話は、すでにお聞きしました」

「そうでしたか」

「ですから、事実だけを問題にしてくださらないと、困ります。愛香が、危うく殺されかけ、彼女を、そんな目にあわせることができるのは、緒方社長だけなのです。これが事実です」

「その通りです。だからこそ、彼を逮捕なさったんでしょう？」

「そう思います。ただ、この件については、一つだけ問題点がありましてね。それを強く主張する刑事が、いるのです」

と、十津川は、いった。

「どんなことを問題にするんですか？」

「それを、ぜひ、聞いていただきたいのです。刑事の中には、これは、高見沢さんの自作自演ではないかと、主張する刑事がいるのです。これが、頑固で、私も説得に苦慮しているのです」

「どうして、愛香の芝居などというんでしょうか。彼女は、死にかけたんですよ」

「それがですね、彼らが問題にしているのは、さっき、私がいって、そちらに一蹴されてしまった、かずら橋での殺人の一件なのです」

「どうして、それが、問題になるんですか？　私には、わかりませんけれど」

と、きよ美は、愛香と顔を見合わせた。

「つまりですね」

と、十津川が、いった。

「これが、高見沢さんの芝居だとすると、どうしても、かずら橋での殺人事件が、必要になってくる。緒方社長を、殺人容疑で逮捕させたいのだが、自分が死んでしまったのでは、結果的に、自分が敗者になってしまう。だが、このままでは、緒方社長を、殺人未遂容疑でしか逮捕できない。だから、かずら橋での殺人事件を引き起こしたのだろうと、主張する刑事がいるのですよ」

「そんな無茶なことをいうのは、いったい、誰なんですか？　お名前を教えてください。私が説得しますから」

と、きよ美が、いう。

「まあ、それは勘弁してください」

と、十津川は苦笑した。

「でも、一致団結して、高見沢愛香の無実を信じていただかないと困ります」

と、きよ美は、執拗《しつよう》だった。

「わかりました」

と、十津川は、笑って、

「彼らの説得は、私が、責任を持ってやりましょう」

「それで、いつ、裁判は、始まるんですか？　それを教えていただかないと、帰れません」

と、きよ美は、迫ってくる。

「実は、一つだけ問題があって、それさえ、解決すれば、明日にでも裁判は、開かれるのです。担当検事もすでに、決まっていますから」

と、十津川は、いった。

きよ美は、また、愛香と顔を見合わせてから、

「いったい、何が問題なんですか？　できることなら、協力を惜しみませんよ」

と、いう。

「協力して、もらえますか？」

「ええ。もちろん」

「今回の事件で、裁判に出廷できる証人が、欲しいのです。担当検事も、それを第一に心配しているのです」

と、十津川は、いった。

「そんなことなら、どんどん、いってください。喜んで、協力させていただきます。どんな証人が、検察側として必要なんですか？」

「協力していただけますか？」

「もちろん。喜んで協力させていただきますよ」

「高見沢さんを騙《だま》して、ロボット人形のボタンを押させた犯人、緒方精密電機の小

野恭一郎技術部長です。この男さえ、法廷に呼び出して、証言させれば、それで、もう、裁判は、終わりですよ。緒方社長の有罪は、決まりですから。ただ、この大事な証人が、アメリカで行方不明になっています。何とか見つけ出して、出廷させたいので、協力してもらえませんか」

十津川はじっと、きよ美を見、愛香を見た。

「私も、ぜひ、出てきていただきたいと思ってはいますが」

と、愛香が、いった。

それに、言い添える形で、きよ美が、いう。

「まず、無理だと思います」

「どうしてですか?」

「小野部長は、緒方社長に頼まれて、私に、誤ったロボット人形の操作方法を教えて、私を殺そうとしたんです。私としては、そのことを、正直に話してもらいたいのですが、彼が帰国すれば、口封じに殺されかねません。それを考えると、彼の帰国は、難しいと思います。残念ですけど」

と、愛香が、いった。

「小野部長は、五十歳で、奥さんの明子さんは四十六歳、二十三歳のひろみという娘さんは、結婚して現在アメリカ在住です」

「それは、私もよく知っています」

「今、愛香さんは、小野さんが帰国したら、口封じに殺されかねないとおっしゃった。しかし緒方社長は、逮捕されているんですから、怖がらずに、帰国できるんじゃありませんか」

と、十津川はいった。

きよ美が、笑った。

「緒方精密電機には、社長の崇拝者が、何人もいて、今でも、社長の無実を信じている社員がいるんです。そんな社員から見れば、小野部長には、絶対に証言させたくないでしょうから、帰国は、危険ですよ」

と、いう。

その瞬間、何故か、十津川は、ニコリとした。

きよ美も、愛香も、むっとした顔で、

「何か、おかしいことを、いいました?」

と、睨んだ。

十津川は、

「実は――」

と、真顔で、いった。

「昨日、小野部長の奥さんの明子さんと会ってきました。小野さんは、現在、アメリカにいて、居場所は、はっきりしませんが、明子さんと、アメリカにいる娘のひろみさんは、しっかり連絡を取り合っている。更に、ひろみさんは、父親の小野部長とは、連絡が取れている感じでしたね」

「それで?」

「日本で、いよいよ裁判が始まるので、検察側の証人として、出廷してもらえないかと、頼んだんですよ」

と、十津川は、いった。

「それで、何という返事でした?」

と、きよ美と、愛香の二人が、同時に、きいた。

「やはり、気になりますか?」

「そりゃあ、気になりますよ。私たちにとっては、大事な証人ですからね」

「予想通りでした。今の状況では、帰国は無理ですと、断られました」

十津川が、いうと、きよ美は、肯いて、

「そうでしょう。全てが終わるまで、帰国はなさらないと思いますよ」

と、いった。

「あなたも、同感ですか?」

十津川は、愛香を見た。

「私も、小野部長が、裁判に出廷して、証言してくれれば、全てが、はっきりすると期待しているんですけど、命がけで出廷してくれと頼むわけにもいきませんから、諦めています」

と、愛香は、いう。

「実は――」

と、十津川が、いった。

「まだ、何かあるんですか？」

また、きよ美が、十津川を睨む。

「実は、小野部長の奥さんに、こういってみたんですよ。半分冗談でね。捜査本部では、犯人として、緒方社長を逮捕したが、刑事の中には、今回の事件は、高見沢さんの自作自演で、緒方社長は、その罠にはまったのだと考える者も多い。そこで、事件の再捜査の実施と、高見沢さんの身柄を拘束した。だから、小野さんに帰国して証言してほしいと、改めて、奥さんに頼んでみたんですよ」

「――」

「――」

「そうしたら、明子さんは、何故か、嬉しそうに、ニッコリしましてね」

「――」

「本当に高見沢愛香さんの、身柄を拘束したんですかときくので、逃げられたら困るので、逮捕しましたといったら、また、嬉しそうに、ニッコリしましてね。それなら、すぐ、娘に電話して、主人に連絡させます。喜んで、帰国すると思います、というんですよ」

「――」

「――」

「これは、どういうことなんですかね。あなた方は、小野部長は、口封じに緒方社長たちに殺されるのが怖くて帰国できないのだといった。しかし、どうやら、あなた方に殺されるのが怖くて、帰国できないのが、真相らしいじゃありませんか。こうなると、小野部長が帰国して、証言するまで、お二人の身柄を拘束しておくことになりそうですね」

（おわり）

本作品はフィクションであり、実在の個人・団体・事件とは一切関係ありません。

解説

山前　譲

緒方精密電機の管理課長補佐の神崎は、緒方社長に呼ばれて社長室へ向かった。明日から人型ロボットに関わる会議があって、緒方はホノルルへ行く。五日間帰ってこられないが、その間、社長秘書の高見沢愛香が休暇を取って、生まれ育った四国の高知周辺を旅するという。ついては同行してその旅の面倒を見てもらいたい、とのことだった。

だいたいのスケジュールは決まっていた。まず神戸淡路鳴門自動車道で鳴門《なると》を目指し、途中、渦潮を見学する。そこから鳴門線、高徳線経由で高松へ向かいそこで一泊。翌日は高松から多度津《たどつ》を経て土讃線で四国を南下していく。琴平《ことひら》経由で大歩危《おおぼけ》へ向かってその日は祖谷渓《いやけい》で一泊する。翌日はまた土讃線で高知へ行き、高知周辺の観光だ。四日目は四万十《しまんと》川周辺観光のあと松山へ向かい、道後温泉に泊まる。

最終日は予備日としていたのだが、緒方社長は土讃線を走る人気の観光列車「四国まんなか千年ものがたり」に乗ることをすすめてきた。そして愛香の四国旅行の詳しいスケジュールが書かれたメモを持って、緒方は旅立つ。愛香と神崎のほうは予定通り四国の旅を楽しんだ。五日目、いよいよ「四国まんなか千年ものがたり」に乗車である。ところがその車内で大変なことが！

日本国有鉄道が民営化されたのは昭和の末期の一九八七年四月である。六つの地域別の「旅客鉄道会社」と「貨物鉄道会社」などに分割されたが、各旅客鉄道会社の経営状況はまちまちだった。やはり新幹線の営業力は大きい。東海道新幹線を有するJR東海や、東北新幹線や上越新幹線などを有するJR東日本、あるいは山陽新幹線を有するJR西日本の経営が最初から順調だったのは当然だろう。他方、ローカル線の赤字体質は国鉄時代のままでなかなか改善されなかった。

東北新幹線が新青森駅まで全線開業する。九州新幹線が博多駅と鹿児島中央駅の間で全線開業する。さらに北海道新幹線が、新青森駅からの接続で、新函館《はこだて》北斗駅まで開業した。部分開業ながら西九州新幹線が走りはじめ、一九九七年に東京駅から長野駅まで開業した北陸新幹線が金沢駅へ、さらに敦賀《つるが》駅へと延伸された。

こうした新幹線開通の流れと縁がなかったのがJR四国である。一九八八年に開通した瀬戸大橋によって鉄道を介してのアクセスはよくなったけれど、いまだに新幹線は走っていない。いろいろと計画はあるようだが……。

その代わり、多彩な観光列車やユニークな企画列車が、観光客を四国へと誘《いざな》っている。観光列車は個性的な内装が人気で、のんびりと沿線の風景を楽しめる。食事などグルメ列車としても魅力たっぷりだ。

四国初の本格的な観光列車は二〇一四年に登場した予讃線の「伊予灘《いよなだ》ものがたり」である。松山駅・伊予大洲《おおず》駅・八幡浜《やわたはま》駅間で週末や祝日に運行され、レトロな車両の中で食事やスイーツが提供される人気の列車だ。

「愛ある伊予灘線」というロマンチックな愛称が、予讃線の伊予市駅・伊予大洲駅間の海回り区間に付けられたのは二〇一四年三月である。予讃線は香川県の高松駅から愛媛県の松山駅を経て宇和島駅に至るが、松山から宇和島まで海側に路線があったところ、一九八六年三月、山側に新線が開通して特急などの優等列車はそちらを通るようになった。

ところが海側のルートにある下灘駅が、ホームから風光明媚《ふうこうめいび》な伊予灘を望むことができ、とくに夕日が素晴らしいと観光地化したのである。西村作品では『十津川警部　海の見える駅　愛ある伊予灘線』で舞台となっていた。

次に登場したのが本書の「四国まんなか千年ものがたり」だ。二〇一七年のことだった。土讃線は香川県の多度津駅から、高知駅を経て窪川《くぼかわ》駅に至る総延長約二百キロの路線である。そのうち、多度津駅と大歩危駅の間を二時間半ほどで結ぶのが「四国まんなか千年ものがたり」なのだ。ＪＲ四国のウェブサイトによると「おとなの遊山」がコンセプトだという。昔、桃の節句になると、徳島の子供たちは、近くの野山にお弁当を持って、一日「遊山」を楽しんだそうだ。三両編成だが、一号車は「春萌の章《はるあかり》」、二号車は「夏清の章《なつすがし》」「冬清の章《ふゆすがし》」、三号車は「秋彩の章《あきみのり》」とさらに細かいコンセプトがあり、内装もそれをイメージしたものとなっている。もちろん地元食材にこだわった食事や地酒も楽しめる。

二〇二〇年に走りはじめたのはやはり土讃線の「志国土佐　時代《トキ》の夜明けのものがたり」だ。高知駅と窪川駅を結び、曜日によっては期間限定で高知駅から土佐くろしお鉄道、ごめん・なはり線の奈半利《なはり》駅まで走っている。こちらも高知県の海の幸・山の幸が味わえる。西村作品では、練習機の「白菊」まで特攻に駆り出された痛々しい事実が語られる『特急「志国土佐　時代の夜明けのものがたり」での殺人』に登場していた。

やはり二〇二〇年に徳島線で走りはじめた「藍《あい》よしのがわトロッコ」は、吉野川が育んだ阿波《あわ》藍ほか徳島県の文化をイメージしている。徳島駅・阿波池田駅間の二時間半ほどの旅だ（トロッコ乗車区間は石井駅・阿波池田駅間）。

トロッコ列車は四国各地で走ってきたがそのひとつが「しまんトロッコ」だ。なんでもこれは「予土線三兄弟」の長男とのことで、次男が「海洋堂ホビートレイン『かっぱうようよ号』」、三男が「鉄道ホビートレイン」となっていて、ここからもJR四国の営業努力が窺える。瀬戸大橋には「アンパンマントロッコ」が走っている。高知県がやなせたかし氏の故郷とあって、予讃線や土讃線の「アンパンマン列車」も人気だ。

じつは新幹線はすでにJR四国の路線を走っている、と言えなくもない。予土線の「鉄道ホビートレイン」の車両が、懐かしい新幹線0系風なのである。もちろん速度は及びもつかないが、新幹線へのこだわりが伝わってくる。

そんな四国を愛香と神崎は旅する。登場する列車は観光列車だけではない。土讃線の「南風」と「あしずり」(アンパンマン列車接続)、予讃線の「宇和海」、岡山駅と松山駅を結ぶ「しおかぜ」といった特急にも乗車している。「愛ある伊予灘」も訪れている。

こうして前半はまさに四国周遊旅行と言える展開だが、一九九〇年代半ばから十津川警部シリーズには四国に注目した長編が目立ってきた。

前述のほか、『十津川警部　鳴門の愛と死』(二〇〇八)、『鳴門の渦潮を見ていた女』(二〇一六)、『特急しおかぜ殺人事件』(一九九五)、『祖谷・淡路　殺意の旅』(一九九四)、小学館文庫既刊の『十津川警部　南風の中で眠れ』(二〇一四)、『高知・龍馬　殺人街道』(二〇〇五)、『青い国から来た殺人者』(二〇〇五)、『わが愛する土佐くろしお鉄道』(二〇一七)、『土佐くろしお鉄道殺人事件』(二〇一二)、『松山・道後十七文字の殺人』(二〇〇三)と読み継げば、ここでの神崎と愛香の観光地巡りと重なっていく。

その旅の様子をやたらと気にするのは海外にいる緒方社長だ。なぜ？　観光名所のひとつで転落事件も起こり、しだいに不安を募らせる神崎だった。そして「四国まんなか千年ものがたり」での事件……。

後半はいよいよ十津川警部が登場するが、そこでスポットライトが当てられていくのは、緒方精密電機が開発中の画期的な機能を備えたロボットである。小学館文庫既刊の『十津川警部　さらば越前海岸』や、『青梅線レポートの謎』でもロボットが事件の背景にあった。東京府立電気工業学校で学んだことのある西村氏は、ロボットにも関心があったようだ。

『十津川警部　四国土讃線を旅する女と男』は二〇一九年八月から二〇二〇年十二月まで「本の窓」に連載され、二〇二一年三月に小学館より刊行された。四国の観光地や列車の旅を満喫できるだけでなく、先端技術をめぐる終盤のストーリーは、今の日本で危惧されているテーマに収束していく。トラベルミステリーらしい発端からは予想できないテーマを織り込んだ、ある意味、意外性たっぷりの長編ミステリーだ。もちろん十津川警部の執念の捜査もいつも通り堪能できるに違いない。

（やままえ・ゆずる／推理小説研究家）

本書のプロフィール

本書は、二〇二一年に小学館より単行本として刊行された同名作品を加筆改稿し、文庫化したものです。

小学館文庫

十津川警部《とつがわけいぶ》
四国《しこく》 土讃線《どさんせん》を旅《たび》する女《おんな》と男《おとこ》

著者 西村京太郎《にしむらきょうたろう》

二〇二四年六月十一日　初版第一刷発行

発行人　庄野 樹
発行所　株式会社 小学館
〒一〇一-八〇〇一
東京都千代田区一ツ橋二-三-一
電話　編集〇三-三二三〇-五一三八
　　　販売〇三-五二八一-三五五五
印刷所————図書印刷株式会社

この文庫の詳しい内容はインターネットで24時間ご覧になれます。
小学館公式ホームページ　https://www.shogakukan.co.jp

ISBN978-4-09-407358-4